次

主要登場人物

細川春菜——神奈川県警刑事部刑事総務課捜査指揮・支援センターの専門捜査支援班に所属する巡査部長。二八歳、身長一五二センチで、時に女子高生に見間違えられるほどの童顔。富山県砺波市の実家は庄川温泉郷の旅館「舟戸屋」。

浅野康長——刑事部捜査一課強行七係主任、警部補。四〇歳くらい。筋肉質で長身。バツイチ。

赤松富祐——専門捜査支援班班長、警部補。経済・経営・法学系担当。

尼子隆久——専門捜査支援班、巡査部長。人文・社会学系担当。

大友正繁——専門捜査支援班、巡査部長。工学系担当。

葛西信史——専門捜査支援班、巡査部長。理・医・薬学系担当。

天童頼人——自動車評論家。モータージャーナリスト。

第一章　ノスタルジックカーの幻影

1

「なんだか寒いな……」

細川春菜（ほそかわはるな）はつぶやいた。

屋外では八月の太陽がギラついている。だが、今日の県警本部庁舎は妙にエアコンがきつい。

とくに首もとが冷えて仕方がない。

春菜は机の引き出しに収めてあった白いストールを首に掛けた。

「おやおや〜これはこれは」

正面の席で大友正繁（おおともまさしげ）が、奇妙な声を張り上げた。

イタチ顔の大友巡査部長は工学系の学者担当だ。

「来たっ」

春菜は思わず首をすくめた。

「なにがですかぁ？」

とぼけた顔で大友は笑った。

「いえ、別に……」

春菜は素知らぬ顔で答えた。

「皆さぁん、春菜嬢をご覧なさいましな」

大友は部屋中に聞こえるような声で叫んだ。

「なんとまぁ、今日はコスプレときましたか」

大友の隣に座る尼子隆久が素早く呼応した。

コスプレ……大友や尼子はいったいなにを言っているんだろう。

「まさか、アメデオ・モディリアーニでくるとはねぇ」

キツネを思わせる尼子巡査部長は人文・社会学系の学者担当だ。

「もしかすると『セーラー襟の少女』ですか」

葛西信史が持ち前ののんびりした声でスマホを差し出した。

タヌキに似た顔の葛西巡査部長は、理・医・薬学系の学者と医師等の担当である。

葛西はスマホを春菜の前に差し出した。

「これですか……」

画面を見た春菜は言葉をなくした。

ひとりの細い輪郭の若い女性が濃いめのグレーの服を着ている。白い襟が特徴的な女性だ。

人体のやわらかい曲線と、長い首、個性的な瞳が美しい。

かすかに微笑（ほほえ）んだ少女の顔は清楚なやさしさを感じさせる。

モディリアーニという画家の絵は見たことがある。

だが、自分とはなにひとつ似ていない。

たしかに今日は濃いグレーのスーツを着ている。髪がちょっと伸びたので仕事中は髪をひっつめている。

首にストールを掛けただけで、どこがモディリアーニだというのだ。

「二〇世紀初頭のパリで活躍し、ピカソらとともに新しい芸術を創っていった画家であり彫刻家であるモディリアーニ。その名画のひとつですよ」

尼子は嬉々として言った。

「たしか一九一八年の作。メトロポリタン美術館に収蔵されていますね。その名画を再現するなんてさすがは細川さんだなぁ」

　葛西はニヤニヤ笑っている。

「マーベラス。やっぱり才媛は違いますね。ちょっとした工夫でこんな見事なコスプレをなさるなんてぇ」

　大友ははしゃぎ声で言った。

　刑事部刑事総務課の捜査指揮・支援センターに属する専門捜査支援班は、各分野の学者を中心とした専門家から捜査に有益な専門知識を収集する職務を担っている。

　刑事部の各課や捜査本部、所轄刑事課などで別々に問い合わせていた内容をこの班のメンバーがまとめて専門家に照会しているのである。

　それぞれに大学院などで専門知識を修めた同僚たちは、ひとことで言って変人ばかりだ。

　おまけに、いつも春菜への芝居がかったイジリが大好きな連中なのだ。

　あきれた春菜は、三人を相手にすることをやめた。

　どうせこの三人は「教養ヲタク」なのだ。

「我が専門捜査支援班の誇る細川春菜嬢に乾杯しましょう」

　尼子が机の上の湯飲み茶碗を手に取った。

　大友と葛西も茶碗を高く掲げた。

三人は茶碗で乾杯すると、声を立てて笑った。

管理職である班長の赤松富祐（あかまつとみひろ）警部補は黙って書類を読んでいる。

赤松は経済・経営・法学系の学者を担当している。

「よう、なんだか楽しそうだな」

明るい声に振り返ると、開襟シャツ姿の浅野康長（あさのやすなが）がのっそりと立っていた。

捜査一課強行七係主任の康長は優秀な刑事で、とてもおだやかな性格だった。

春菜は康長と組むようなかたちで働くことが多く、臨時のバディといった存在となっている。

「お疲れさまです」

春菜は愛想よく返した。

「浅野さんがお見えということは、春菜嬢の出番ですかねぇ」

大友が嬉しそうに身を乗り出した。

「まぁ、そういうことだ。だが、温泉に行くわけじゃないぞ」

にやにや笑いながら、康長は大友の肩をぽんと叩いた。

「いやいや、これはしたり。あたくしは別に温泉なんぞ」

薄い頭に手をやって大友はちょっとのけぞった。

四月に、大友は春菜と康長の捜査に箱根仙石原（せんごくばら）温泉まで従（つ）いて来た。

そのうえ、昼の休憩時間と主張して現場（ゲンジョウ）の露天風呂にちゃっかり入った。

だが、謎のひとつを解いてくれたので、春菜も康長も大いに大友を見直したのだった。

「小会議室、空いてるか見てきますね」

春菜は腰を浮かしかけたが、葛西がかるく手を振って押しとどめた。

「もう出なけりゃならないので、よかったら僕の席を使ってください」

葛西がカバンを手にして立ち上がった。

この班ではどのメンバーの机もきれいに片づけられている。

「じゃあ、葛西の席を借りるぞ」

返事も待たずに、康長は葛西の席にどっかと座った。

「みんなの分は買ってこなかったんだ。まぁ、細川飲めよ」

康長は手にした紙袋から取り出した緑茶のペットボトルを机の上に二本置いた。

以前、この階の給茶機の茶がまずいと言ってから、康長は緑茶を手土産に持ってくるようになった。

春菜としては自分だけ飲むわけにもいかず、あいまいにうなずいた。

「どうぞごゆっくり」

かるく頭を下げて葛西は専門捜査支援班の島を離れていった。

「やっかいな事件が起きたのですね」

尼子が眉根を寄せて訊いた。

「うん、殺人事件だ。七月二九日、先週水曜の朝に震生湖にホトケが揚がったんだ。遺体を司法解剖した結果、鈍器で後頭部を殴られたことによる脳挫傷が死因と判明している。遺体が湖水に浸かっていたことにより死亡推定時刻には幅が出てしまい、七月二八日の午後六時頃から八時間程度、つまり七月二九日の午前二時頃までと推定されている」

康長は彫りの深い濃い顔を大きくしかめた。

「震生湖ってどこにあるんですか？」

尼子が訊いたが、春菜も初めて聞いた名前だ。神奈川県内にそんな湖があるとは知らなかった。

「秦野市と足柄上郡の中井町にまたがる堰止湖だよ」

康長はさらりと答えた。

「ダム湖なんでしょうか」

尼子の問いに赤松もうなずいた。

ふたりとも春菜と同じくこの湖の存在を知らないらしい。

「いやいや、関東大震災で近くの丘陵が崩れて市木沢という藤沢川の最上流部が堰き止められて誕生した天然湖です。地震で生まれたから『震生湖』の名がついたというわけです。一九二三年のことですから、一説には日本でもっとも新しい天然湖と言われています。周囲は一キロ程度で、いちばん深いところで一〇メートルほどしかないはずです。また流入河川が存在しないことも特徴です。あたくしは同じ秦野市にある鶴巻温泉の帰りに立ち寄ったことがありましてね。一〇キロほどしか離れていませんので。いや、実に静かな湖でしたよ。五月の土曜日の午後でしたが、釣り人くらいしか見かけませんでしたね。湖にはコイやヘラブナ、オイカワ、ブラックバスなんぞが棲んでいるそうですが……」

興に乗って喋り続けている大友を、康長が手を振って制止した。

「震生湖の説明はそのくらいでいいや」

「あらそうですか」

大友は残念そうに康長の顔を見た。

スマホを取り出して康長は机の上に置いた。

春菜たちは表示されているマップを覗き込んだ。

「この建物が建ち並んでいるところが秦野盆地だ。その南端に震生湖があるのが見えるだろう」

康長がタップすると画面は航空写真に変わった。

北側に住宅の並ぶ平坦な土地に接して深い森林がひろがっていた。森林地帯に入ってすぐのところに細長いちいさな湖が見えた。湖の南側には田園地帯が連なり東名高速をはさんで海まで続いていた。

「見ての通り、森に囲まれて周囲に人家もない静かな湖だ。釣りに来た秦野市内に住む老人二名が湖面に浮かんでいる遺体を発見して一一〇番通報した。午前五時三七分だ。秦野署地域課員や機捜が駆けつけて遺体を引き上げた。検視官も臨場して後頭部に打撲痕があることを発見し、他殺であることを確認した。その日のうちに秦野署に捜査本部が立って俺も呼ばれてるんだ」

「またまた殺人事件にご出馬とはご苦労さまですね」

媚びを含んだ声で尼子は言った。

「湖畔の東側に一〇台ほどのクルマが駐められる震生湖駐車場がある。この近くの林のなかに被害者所有のバイクが残されていた。また、死亡推定時刻についての補足だが、二八日午後八時半過ぎに横須賀市久里浜六丁目にある被害者の自宅マンション近くの同市舟倉の国道134号線に設置された防犯カメラが被害者の所有するポルシェ356Cというクルマを捉えていた。この写真から運転手は被害者本人と思われる。この点から被害者は少なくとも横須賀市内で午後八時半頃までは生きていたものと考えられる。このポルシェ356Cは被害者自宅マンションの屋外駐車場で発見されている。横須賀と震生湖は八〇キロ弱は離れており最低でも一時間は掛かる。すぐに被害者が横須賀の自宅でバイクに乗り換えて震生湖まで走ったとしても、到着は一〇時頃になるはずだ。解剖結果と考え合わせると、事件のあった時刻は午後一〇時頃から午前二時頃と絞り込める」

ペットボトルのキャップをひねって、康長は中身を三分の一ほど一気に飲んだ。

「本部と所轄の鑑識では駐車場付近を徹底的に調べた。被害者の血液やゲソ痕などは午前一時過ぎから降った雨に洗い流されて採取できなかった。だが、湖への転落を防止するコンクリート柵に被害者の着衣の繊維が付着しているのを発見した。遺体が身につけていた綿パーカーの繊維だ。これにより遺体の投棄地点が割り出せた。捜査本部では犯人か被害者のどちらかが、相手をこの震生湖駐車場に呼び出したと推察している。何らかのトラブルがあり、犯人が被害者を撲殺し、事件の発覚を遅らせようとして遺体を湖に落とした。こんな風に考えている」

康長はふたたびペットボトルを手に取った。

「被害者はどんな人物なんですか」

尼子が康長の顔を見て訊いた。

　机の上からスマホを取った康長はタップすると、ふたたび机の上に置いた。

「この男性だ」

　パナマ帽をかぶったひとりの男のポートレートが映し出された。

　耳が隠れるような長めの髪の下に、目つきが鋭くあごがいくらか尖った中年男がスーツ姿で微笑んでいた。太めのセル縁のメガネを掛けている。

　薄い口もとは、なんとなく独善的で気が強そうな印象を感じさせる。

　公式サイトか雑誌かなにかの写真らしく、プロが撮影したような鮮明なものだった。

「先に言うべきだったな……被害者は横須賀市在住の天童頼人さんという男性で、四四歳の自動車評論家・モータージャーナリストだ」

　康長はスマホを見ながら言った。

「なるほど」

　とりあえずうなずいたという表情で尼子は答えた。彼の詳しい分野ではないらしい。

　大友も同じなのか反応を示さなかった。

「報道があったときから気になっていた事件なんですよ。浅野さんが取り扱うとはねぇ」

　それまで黙っていた赤松班長がとつぜん口を開いた。

「天童さんを知っているのか」

意外そうな声で康長は訊いた。

「ええ、自動車雑誌などでは時おり見かける名前ですからね」

赤松が自動車雑誌などを読んでいるとは知らなかった。

「俺は聞いたことない名前だったなぁ」

「マニア向けの雑誌への寄稿がほとんどでしたから……自動車評論家は日本に数多いですが、一般の人は国沢光宏さんとか清水草一さんとか渡辺敏史さんとか小沢コージさんとかくらいしか知らないですよね。あとは有名ミュージシャンの松任谷正隆さんくらいですか。何人かはご存じですか」

赤松は期待していないような声音で訊いた。

「松任谷正隆が自動車評論家なのは知ってるぞ。『カーグラフィックTV』は見たことあるからな。あとは誰も知らん」

素っ気ない調子で康長は答えた。

ユーミンの夫が自動車評論家とは知らなかった。残りの名前はもちろん春菜は初めて聞いた。運転免許は持っているが、富山の実家に帰ったときに母親の軽自動車を運転するくらいで、車種などには興味がなかった。実家の温泉旅館で使っている送迎用のワゴンはステアリングを握ったこともなかった。

「まぁ……そんなもんでしょう……」

冴えない声で赤松は答えた。

「それから、天童さんは旧車フリークだったそうだ」

康長は気負いのない調子で言った。

「本当ですか！」

赤松がかるく叫んだ。

「どうかしたのか？　赤松」

けげんな顔で康長は訊いた。

「いえ、別に……」

気まずそうに赤松はうつむいた。

「あの……旧車ってなんですか？」

春菜には言葉の意味がわからなかった。

「旧式のクルマのことだ」

「そうですか……どんなクルマを指すのですか」

漢字は浮かんだが、具体的にはよくわからない春菜は首を傾げざるを得なかった。

「ノスタルジックカーともいうが、正確な定義はないそうだな。なつかしさを感ずるクルマのことと考えればよいのか……」

康長はおぼつかなげに答えた。

「旧車はクラシックカーやヒストリックカー、ヴィンテージカーという言葉が指すクルマよりはずっと新しいクルマを指します。たとえば、ヴィンテージカーは一九一九年から一九三〇年に製造されたクルマを指すことが一般的です。が、旧車はそれよりずっと新しいものです。世代によって旧車かどうかの感じ方は違うので定義づけは困難だと思われます。大まかに言うと、だいたい一九八〇年以前に製造されたクルマと思っていいでしょう。つまり製造から半世紀を経たクルマということですね。でも、これもはっきりした定義ではありません。ですが、かなりの人々が旧車を愛していると思います」

いきなり赤松が説明を始めた。

「おい、赤松、おまえ旧車について詳しいのか」

康長が驚いたように訊いた。

春菜も意外だった。

「ええ、まぁ多少は……」

はっきりしない声で赤松は答えた。

「へぇ、なんか訊くこともあるかもしれないな……ところで、捜査の進捗状況だが、地取りはかなり厳しい状況だ。さっき言ったように震生湖の周囲にはかなりの距離まで人家もない。夜間と考えられる事件発生当時に、目撃者がいる可能性はほとんどない。事実、周辺住民などへの聞き込み捜査には成果が上がっていない。震生湖には東西南北に導入路があるが、いずれも森林のなかを走って湖畔にたどり着く。また、防犯カメラもほとんど存在しない。いちばん近い防犯カメラは、湖の北側を走っている県道62号線沿いにあるコンビニまで行かないとないんだ」

康長はスマホをマップに戻しながら言った。

「なるほどこんな場所じゃあ、地取りは困難でしょう」

机のマップを覗き込みながら赤松は嘆くような声を出した。

「鑑取りも進めているが、天童さんには家族もおらず知人も仕事関係がほとんどだ。多数の捜査員を投入しているが、はかばかしい成果は上がっていない。また、被害者を殴った凶器は発見されてない……いまのところ捜査は膠着(こうちゃく)状態なんだ」

康長は渋い顔で言った。

「それで、浅野さんがうちへお見えになったのはなぜでしょうか」

赤松は康長の顔を覗き込むようにして訊いた。

「実はな、ヲタク協力員のなかに旧車ヲタクがいたら協力してほしいと思ってな」

春菜の顔を見ながら康長は言った。

「ヲタクじゃなくて登録捜査協力員さんです」

春菜は訂正したが、康長には無視された。

たしかクルマ・ジャンルの協力員は少なくはなかった。

だが、名簿を見てみないとわからないが、旧車で登録している人がいただろうか。

「しかし、どうして旧車ヲタクなんですか」

赤松が興味深そうに訊いた。

「いくつかの理由がある。まずは、被害者の天童さんは旧車のコミュニティなどで発言をしていた。鑑取り班がこちらの捜査を進めているが、そのようなコミュニティに参加して天童さんについてなにかを知っている協力員がいればと思ってな」

おだやかな口調で康長は言った。

「なるほど、いまはネットを介した友人関係も少なくないですからね」

尼子が納得したような声を出した。

春菜も過去の事件でネットの交流関係から明らかになった事実によって捜査が進んだことをいくつか思い出した。たしかに有益な手段には違いなかった。

「次にこれだ」

康長はスマホを持ち上げると、タップして春菜たちに見せた。

「湖畔の遺体投棄地点にこんなものが落ちていたんだ」

画面には黒いゴムの輪が写っていた。

輪ゴムの縁を太くしたような単純な形状で特徴がない。なにかの部品であると思われた。

「いったいなんですかね、これは」

じっと画面を覗き込んで赤松は言った。

「直径五センチくらいだが、正体はわからない。これが犯人の遺留品とは限らないが、新しいなにかの部品だと見ている。ただのゴミとは思えない」

康長は考え深そうに言った。

「こんなのは科捜研で正体がつかめるんじゃないんですか」

尼子の問いに康長は首を横に振った。

刑事部科学捜査研究所とは本部各部署や所轄から依頼された証拠物等の科学的鑑識・検査を行っている機関である。

「もちろん、科捜研でも分析はやってるさ。だが、まだなんなのかも割り出せないそうだ。で、もしかすると旧車の部品かとも思ってな」

「うーん、そうかもしれませんがね」

赤松は画面を見ながらうなり声を上げた。

「天童さんはさっきも言ったように旧車フリークだった。自宅は横須賀だが、愛甲郡の清川村に別荘を持っていた。そこには大きなガレージがあってヨーロッパ車を中心にたくさんの旧車がコレクションされているそうだ」

「イタリア車なんかもあるんでしょうね」

気負い込んで赤松が訊いた。

「さぁ、詳しいことは俺にはわからん。とにかく旧車について詳しいことを知りたいんだ。もうひとつある。これだ」

康長はスマホをタップして新しい写真を見せた。

スマホらしい液晶画面にカレンダーが表示されていた。その七月二八日の欄には『カサ』と書かれていた。

「これは天童さんの遺体のデニムのポケットに入っていたスマホのスケジュールアプリだ。『カサ』がなにを意味するかわからないが、事件当時の予定に関わりがある可能性は高い」

眉根を寄せて康長は言った。

「さっきのお話で、雨のためにゲソ痕が採取できなかったということですよね。カサを持っていくのを忘れないようにしようというようなメモなんじゃないんですか」

尼子の言葉に康長は首を横に振った。

「震生湖付近に雨が降ったのは二九日の夜中で、かなりの土砂降りだったが二時間ほどでやんだ。局地的ないわゆるゲリラ豪雨で、雨の予報が出たのは二八日の昼頃だ。だけどな、天童さんが『カサ』いう文字を入力したのは二七日のことなんだ。アプリの記録からわかる。なので、いまの尼子説は成り立たないように思う。俺はこの『カサ』もなにか旧車に関する言葉ではないかと思っている。いままでも被害者が残した言葉をヲタク協力員が謎解きしてくれたことが何度もあった。だから、今回は旧車ヲタクの知恵を借りたいんだ。申し訳ないが、細川にはまたこの事件につきあってもらいたい」

康長は言葉に力を込めた。

「細川、抱えてる仕事はどうだ？」

赤松が春菜の顔を見ながら訊いた。

「いまは大友さんの資料を整理しているだけで、わたし自身が抱えている案件はたいしたことありません」

少なくとも急ぎの案件は入っていなかった。

「そんなもんは大友が残業すればいいんだ。細川は浅野さんをお助けしろ」

つよい口調で赤松は命じた。

警部補同士で階級は同じだが、康長は赤松の加賀町署時代の先輩だ。赤松は康長に対してとても恭敬な態度をとっている。

「了解しました。では、すぐに名簿を確認します」

弾んだ声で春菜は答えた。

「さっきも言ったように、捜査ははかばかしい進展を見せていない。協力員からなにかひとつでも有益な情報を得たい」

期待のこもった声で康長は言った。

「協力員さんに会ったときに訊くポイントは三つですね。まず、被害者の天童さんが参加していたネットコミュニティなどの情報を得ること。次に黒いゴムの輪のかたちをしたものの正体を探ること。最後に旧車関連で『カサ』という言葉の意味を明らかにすることですね」

ウキウキとした声で春菜は言った。

外へ出るのが好きなのだ。この部屋の机の前でずっと書類に向かっているのは自分の性に合わない。

「その通りだ。だが、ほかにもなにかしらのヒントがつかめるかもしれないからな。天童さんや黒いゴムの輪の写真を細川のスマホに転送するな」

康長は明るい声で言ってスマホを操作した。

「あ、来ました。ありがとうございます。それじゃ名簿を見てみます」

春菜はデスクの引き出しからぶ厚いファイルを取り出した。登録捜査協力員の名簿にほかならない。

《アイドル》《アニメ・マンガ》《海の動物》《温泉》《カメラ・写真》《ゲーム》《建築物》《昆虫》《コンピュータ》《自動車》《植物》《鳥類》《鉄道》《特撮》《バイク》《哺乳類一般》《歴史》

ほかにもまだまだたくさんのジャンルが続く。

春菜は《自動車》というインデックスで仕切られたページをめくって確認する。備考欄にはスポーツカー、大衆車、ＳＵＶ、貨物車両、バスなどの記載がある。なかには劇用車・映画車両などというメモもあって興味を引かれたが、いまは関係ない。

「あった……」

ひとりの協力員の備考欄に「ノスタルジックカー・旧車」の記載を見つけた。

結局、《自動車》ジャンルのなかから該当しそうな協力員が三人見つかった。

北原未来（33）グラフィックデザイナー
水野忠司（38）会社役員
多賀高志（35）医師

年齢的には三人とも三〇代であまり離れていない。職業はまちまちだ。

「備考欄に旧車関連の記載がある協力員さんが三名見つかりました」

「連絡をとってみてくれ」

康長の言葉に従って、春菜は全員に電話を掛けた。

それぞれに多忙な人たちのようですぐに会える協力員はいなかった。

「水野さんが明日の午後に鎌倉で会えるようです。ほかの方は明後日以降ですね」

電話を終えた春菜が伝えると、康長は屈託のない表情でうなずいた。

「そうか。今日はもともと現場に行ってみる予定で捜査車両を借りているんだ。これからすぐに現場に行こう。ついでに清川村の天童さんの別荘にも寄っていくつもりだ」

「別荘というと旧車コレクションのあるという」

赤松が目を輝かせて訊いた。

「そうだよ。ただひとりの遺族である妹の古市清美さんから建物の鍵は借りてある。ま、たいしたヒントはないだろうが」

素っ気ない調子で康長は答えた。

「もし、差し支えなければ、わたしも同行してお手伝いしたいのですが」

遠慮がちに赤松が申し出た。

「え……赤松は忙しいだろう。俺と細川ふたりでじゅうぶんだよ」

けげんな顔で康長は言った。

「もちろんそうでしょうが、わたしもね、旧車と呼ばれるクルマを所有しております。それでまぁ、イタリアの旧車にはいささか知識があるものですから……」

照れたような声で赤松は答えた。

「そうなのか」

康長は驚いて赤松の顔を見た。

「そうだったんですか」

赤松が旧車を持っているほどのファンだったとはむろん春菜も知らなかった。

さっきから旧車に対して妙に関心が高そうだったのは気づいていたが……。

「知りませんでしたよ、班長」

尼子は両目を大きく見開いている。

「ま、お役に立てないでしょうから、やめときますか」

あっさりと赤松は引き下がった。

「いや、赤松さえよければつきあえよ。あくまで現場に行くのがメインだ。おまえもむかしは優秀な刑事だったんだから、現場見て意見を言ってくれれば助かる」

康長の言葉に、赤松は眉根を寄せた。

「むかし……ですか……」

「い、いや言葉のアヤだ」

康長は頭を掻いた。

そう言えば、赤松がこの専門捜査支援班に来るまでどこの部署にいたのか春菜は知らなかった。加賀町署では刑事として活躍していたのかもしれない。

「とにかく赤松も来いよ」

ばつが悪そうな顔で康長は言った。

「事件の話を聞いて現場を見たいという気持ちになりました。一緒に行きます」

機嫌を直したように、赤松は明るい声で答えた。

「留守はわたしたちにおまかせください」

尼子に送り出されて春菜たち三人は部屋を後にした。

2

康長が運転するシルバーメタリックのライトバン型の覆面パトは東名高速を順調に西へと向かっていた。

いままで春菜たちの捜査に従いて来た大友たちはよく喋ったが、赤松は後部座席で黙りこんでいた。

「赤松はイタリア車が好きなのか？」

ステアリングを握る康長は、背中で赤松に声を掛けた。

「いや、そんなに詳しいわけじゃないんですが。二代目のフィアット５００（チンクエチエント）を保有しておりまして……」

赤松は恥ずかしそうに答えたが、フィアットのあとがよく聞き取れなかった。

「フィアット……なんだって？」

春菜と同じだったのか、康長は訊き返した。

「チンクエチェントです。イタリア語で五〇〇という意味です。ルパン三世が乗っているちいさなクルマですよ」

赤松の言葉に康長はすぐに反応してうなずいた。

「おお、あれか。ルパン三世の愛車だな」

「そうです、そうです。俗に旧チンクなんて呼ばれてるクルマです」

身を乗り出して赤松は答えた。

「ルパンと次元のふたりが乗るといっぱいいっぱいの軽自動車みたいなクルマだろ」

「そうそう、クリーム色というかバニライエローの丸っこいクルマです」

嬉しそうに赤松は答えた。

春菜もパッとイメージが浮かんだ。

子どもの頃にルパン三世のテレビシリーズや特番で見ていたあのクルマだ。

「あれ、かわいいですよね」

振り返って言うと、赤松は目尻を下げてだらしない顔で答えた。

「うーん、ほんとうに愛らしいフォルムなんだよ。ガレージであのボディをなで回すのは至上の喜びなんだよ」

にまにまとしたその笑いは、ちょっとクルマ・フェチっぽい表情に見えた。

「なんで、そのフィアットなんとかが好きになったんだ？」

康長と同じことを春菜も訊こうと思っていた。

「なんとかじゃなくてフィアット５００です」

赤松はいくぶんつよい声で言って言葉を続けた。

「まさにルパン三世の影響ですよ。子どもの頃、テレビで放送してたアニメ映画『ルパン三世　カリオストロの城』を見て、いっぺんに好きになったんですよ」

赤松は心底嬉しそうに笑った。

「あれか。俺も見たことあるぞ。悪漢に追われてるお姫さまをフィアットに乗ったルパンが助けるシーンが最初のほうで出てくるな。おもしろいアニメだったな」

康長は納得したような声を出した。

「わたしも覚えてます。きれいな少女のお姫さまがウェディングドレス姿で運転して必死に逃げてるシーンはすごく印象的でしたよね」

春菜が子どもの頃に見たのもカリオストロだ。とくにアニメファンではないが、宮崎駿監督が手がけた大人気作品であることは知っている。

「クラリス・ド・カリオストロが乗っている濃いピンク色のクルマも実在します。こちらはフランスのシトロエン２ＣＶ（ドゥーシーボー）なんです。やはり人気のある旧車です。でも、わたしはチンクエチェントにイチコロだったんですよね」

ふたたび赤松は目尻を下げた。

「あのフィアットには、なんだかすごいエンジンが付いてて、崖とか林のなかとか走っちゃうシーンがありましたね」

春菜の言葉に赤松は苦笑を浮かべた。

「あれはもちろんアニメのなかだけのお話だよ。アニメでは特別なスーパーチャージャーを備えている設定だけど、本当は非力な四七九ccの空冷二気筒エンジンを積んでるんだ」

「えーとよくわからないんですけど、軽自動車よりちいさいエンジンってことですか」

実家に帰ったときに運転する軽はたしか六六〇ccの排気量だった。

「そう。クルマのサイズも日本の軽自動車の規格に満たない。でも、製造年当時の軽自動車規格は三六〇cc未満だったので、小型車での登録しかできないんだ。つまり現在の軽自動車規格よりちいさいエンジン、ちいさい車体なのに小型車の税金を払っているんだよ。さらに車体の安全基準も当時の規格だから、シートベルトも二点式でかまわないんだ。つまりはパッシブセーフティも一九七〇年代のままってわけさ」

楽しそうに赤松は言った。

「うーん、そうなんですか」

春菜には理解できない話だった。余計に払う税金の話もだが、ぶつけられたら乗員保護に問題があるわけだろう。

「でも、型よりちいさい、この頼りないエンジンの音がまたいいんだ。ちょっとバイクっぽいというか、独特の力強さを持っていてね」

さらにだらしない顔で赤松は言った。

「それにしてもみんな見てるアニメ映画なんだな」

康長は話題をアニメに変えた。

「一九七九年公開の古い映画ですけど、十何回もテレビで放映されてますからね」

赤松はしたり顔で答えた。

「俺は小学生の頃にテレビで見た。お姫さまを救うルパンのかっこよさに憧れたけどな」

なつかしそうな声で康長は言った。

「わたしはクラリスが素敵だと思いました」

やはり小学生の頃に見た春菜は、あの清楚で美しく気丈なお姫さまに憧れた。

「だけど、赤松の胸にきたのはクラリスでもルパンでもなく、フィアットだったのか」

目を見開いて康長は訊いた。

アニメなどの創作から人が受ける影響はさまざまだろう。赤松のような人間もいるのだ。

「まぁ、そういうわけですよ。わたしがカリオストロを見たのも小学生の頃で、そのときは単なる憧れでした。けれども、いつかは二代目チンクエチェントに乗りたいと、大学生の頃から思い続けておりました。ですが、いろいろな事情で手が出せませんでした」

あいまいな顔で赤松は言った。

「なるほどなぁ。カリオストロがきっかけか」

康長は低くうなった。

「もうひとつ影響を受けた作品があります。『グラン・ブルー』っていうフランス・イタリア合作映画です。この映画は中学生の頃に見ました」

「お、ジャック・マイヨールをモデルにした映画だな。ずいぶん前だけれど、DVDで俺も見たぞ」

「誰です？」

康長の顔を見て春菜は訊いた。ジャック・マイヨールという名前自体初めて聞いた。

「知らないのか？　歴史に残るフランスのフリーダイバーだよ。一九七〇年代に一〇〇メートル以上の素潜り記録を持っていたんだ」

あきれたように康長は言った。

「そんな……スクーバでも限界の深さじゃないですか」

スクーバダイビングを趣味にしている友人が言っていたことを思い出した。

「いまは素潜りの記録もどんどん深くなったけど、その頃は驚愕の記録だったんだ」

康長の言葉を押しとどめるように赤松は咳払いした。

「公開当時フランスでは映画館に若者が押しかけて熱狂する大人気作品となりました。この映画を愛する若者たちが『グラン・ブルー・ジェネレーション』と呼ばれるほどの一種の社会現象となりました。前置きが長くなりましたが、この映画ではジャック・マイヨール役のジャン＝マルク・バールのライバル役のエンゾ・モリナーリというイタリア人ダイバーが登場します。実在したエンゾ・マイオルカという人物がモデルですが、演じていたのはジャン・レノでした」

「あ、ドラえもん……」

春菜はつぶやいた。

ジャン・レノは『レオン』でナタリー・ポートマン演じるマチルダと共同生活を送る殺し屋役の存在感が強烈だった。が、トヨタのＣＭでちょっとクールなドラえもんを演じて妻夫木聡演ずる二〇年後ののび太くんを助けたりたしなめたりする姿も忘れられない。

「ジャン・レノを成功に導いたのは『グラン・ブルー』と『レオン』なんだよ。話を戻すと、『グラン・ブルー』のなかでエンゾの愛車は傷だらけであちこち凹み、もとの色がわからなくなったようなチンクエチェントだった。ドアだけは別のチンクからとったような少しきれいな赤色だったんだが、かえってボロ車に見えた。でな、ダイビングの力で大金を手にしたエンゾは凹みや傷を直さないんだ。ただ、ひたすら赤いペンキをボディに塗り続けるんだ。赤くなったボディとドアの色は微妙に違うんだが、それでもエンゾは大満足さ。クルマに乗り込んで顔中くしゃくしゃにして笑うんだ。その姿は細かいことにこだわらない陽気なイタリア人気質を如実に表していた。わたしはそのシーンが大好きでね。チンクエチェントを好きになるきっかけとなったんだ。エンゾみたいに生きられたらいいなって憧れが根っこにあるんだよ」

赤松は楽しそうに話した。

どちらかというと神経質な赤松が、エンゾという人物とその象徴のようなチンクエチェントに憧れた気持ちがわかるような気がした。

「あのボロ車もチンクエチェントだったか」

康長の言葉に、覚えてないのかという調子で赤松は言った。

「ええ、二代目のチンクエチェントです」

「初代はどうなっているんだ？」

この康長の問いは春菜も訊きたかったことだった。

さっきから赤松は、二代目の話しかしていない。

「初代チンクエチェントは一九三六年から五五年まで生産されていました。ハツカネズミを意味する《トッポリーノ》の愛称で親しまれ国民車として人気を博しました。ですが、完全なヒストリックカーで、日本に実車が存在するかどうかもわかりません。いずれにしても、わたしの興味の対象ではありませんね」

冷淡な表情で赤松は答えた。

たしかにそんなに古いクルマでは所有の対象とはなりにくいだろう。

「赤松が持っている二代目も古いクルマなんだろ？」

康長の問いに赤松はうなずいた。

「ええ、一九五七年から七七年までの二〇年間作られていたクルマです。二代目チンクエチェントは、第二次世界大戦後でスクーターが中心だったイタリア人が復興のなかで次々に乗り換えていった国民車なのです。ハリウッド映画『ローマの休日』は、一九五三年に公開されています。ほとんどあの映画の時代のローマで生まれた車なんです。わたしは運よくフルレストア済みの状態のいい七二年式のF型を手に入れたんです。ボディカラーはルパンと同じクリームです。もっともこれは再塗装されたもので最初はライトブルーだったようです。ルパンに初登場するチンクエチェントもライトブルーなんですよ。いい状態といっても、すでに四八年を経たクルマなのでいろいろと気を遣います」

赤松は眉根を寄せた。

「俺や赤松よりもずっと歳上じゃないか」

康長は驚きの声を上げた。

もちろん春菜も驚いた。半世紀近い年月を経たクルマに乗っているとは……。

最近知ったのだが、赤松は今年三七歳だったはずだ。チンクエチェントのほうがかなり歳上ということになる。

「ええ、まぁそういうわけです。出先でのトラブルは避けたいので、晴天の日曜くらいしかガレージから外へは出しませんけどね」

赤松はちょっと声を落とした。

「それじゃあ実用性は乏しいな」

康長の言うことはもっともだ。

「旧車に求めるものは実用性ではありません。旧車を所有することはそのクルマを生み出し愛し続けた人々や文化を尊重することなんです。だからこそ、少しでも寿命を延ばしてやりたいのです。そこには実用性は存在し得ないのです」

背筋を伸ばして赤松は堂々と答えた。

「でも、お買いものとか困るんじゃないんですか？」

旧車ファンの心根はよくわかった。そのクルマを取り巻く文化を愛しているのだろう。だが、週に一回、しかも晴天の日にしか乗れないのではクルマを持っている意味はないような気がする。

「もう一台のチンクエチェントがあるんだよ」

赤松はあっさりと言った。

「それは新しいクルマなんですね」

春菜の言葉に赤松は微笑んだ。

「いま町のあちこちを走っている三代目のチンクエチェントだ。二〇一三年製なので、ふつうに乗れる新しいクルマだ。こっちは赤いボディカラーなんだよ」

そういえば、街中でルパンのクルマに似ているカラフルな小型車を何度か見かけたことがある。

「なるほどそういうことか。古いほうはセカンドカーというわけだな」

ステアリングを握ったまま康長はうなずいた。

「ええ。三代目チンクは二〇〇七年から製造されていますが、こいつを七年ほど前に買いましてね。新チンクはフォルムも二代目を意識したものとなっていますからね。でも、やっぱり二代目の旧チンクとはなにもかもが違います。やっぱり旧チンクに乗ってみたくなりましてね。専門捜査支援班に異動になった三年前に、思い切って旧チンク、わたしにとってのチンクエチェントを購入したんですよ」

楽しそうに赤松は言った。

「どうして、うちの班に異動したときに二代目を買ったんですか？」

素朴な疑問だった。

「旧車ってのは手間が掛かるんだよ。刑事の仕事してたら、なかなか旧車の面倒なんて見られんからね」

赤松は上機嫌な声で答えた。

「たしかに刑事の仕事は時間的にも不規則だし、捜査本部に呼ばれれば家にも帰れないからな」

嘆くように康長は言った。

「それは覚悟してましたよ。犯人に迫ってゆくのはやり甲斐のある仕事でした。まぁ……いまは……。でもね、専門捜査支援班では定時に帰れる可能性が高いし、公休日はきちんと休めますからね。この点では捜査一課から外されたことが幸いだと思ってますよ」

赤松は複雑な笑顔を浮かべた。

春菜は知らなかったが、赤松は捜査一課から専門捜査支援班に異動になったようだ。捜一のメンバーだった、つまり康長の言葉通り優秀な刑事だったのだ。

康長とは加賀町署だけで一緒だったのではないようだ。もっとも捜査一課には二〇を超える係がある。康長と赤松は協働するようなあまり近い係ではなかったのかもしれない。

刑事を外された失望が、赤松を気難しい感じの男に見せているのかもしれない。

クセのつよいあの三人の上司という立場はなにかと苦労が多いに違いない。

康長は気まずいのか答えを返さなかった。

少し気の毒になって春菜は問いを続けた。

「四〇年以上も前のクルマとなるとメンテナンスも大変ですね」

「旧チンクはプロペラシャフトもタイミングベルトもない単純な構造のエンジンだけど、点火系やオイルまわりはかなり気を遣うんだ。空冷エンジンにとってエンジンオイルっていうのは冷却システムのひとつだからね」

赤松はいきなり専門用語を口にした。

クルマの構造について、春菜はほとんど知識がなかった。

「空冷エンジンってなんですか？」

「簡単に言うとね、エンジンが発する熱を走行時に発生する風やエンジンで駆動するファンの風で冷やすのが空冷、ラジエータの液体を循環させて冷やすのが水冷だ。水冷のほうが冷却効率がいいし水漏れ以外の欠点がない。それで現代の日本のメーカーでは一部の二輪車を除いてすべての自動車が水冷エンジンを採用しているんだ」

「では、なぜ旧チンクは空冷エンジンなんですか」

「旧チンクは四輪車をイタリア国民に普及させることに主眼が置かれ、コストにこだわった。空冷式は構造が単純で価格が安く作れるからね。おまけにラジエータがないからコンパクトに設計できる。でも、チンクの空冷エンジンは夏には弱いんだ」

「どうしてですか」

「旧チンクは冷却ファンでエンジンを冷やしているわけだけど、停車中はこのファンが回らない設計だ。だからエンジンが放つ熱でエンジンルームがどんどん熱くなる。つまりオーバーヒートして最後は動かなくなってしまう。わたしは夏には旧チンクを外へ出さない。ま、エアコンもないから真夏の旧チンクの運転は難行苦行だけどね」

赤松は口もとを歪（ゆが）めて笑った。

「え……エアコンがないんですか」

春菜は言葉を失って、赤松の顔を見つめた。

が、赤松は平気な顔をしている。

「旧車のほとんどはエアコンをあきらめるしかない。日本でクーラーが最初に搭載されたのは一九五七年のトヨペットクラウンだけど、ようやく一九七〇年代になってカーエアコンが普及し始めたんだ。それまでの日本人は真夏もクーラーなしでクルマを運転していたんだ」

とは言え半世紀も前の話だ。日本ももっと涼しかったのではないか。

「でも、班長の子どもの頃はクルマにエアコンは付いてましたよね？」

「ま、そうだけどね。わたしが物心ついたときにうちのクルマはマークⅡというクルマだったけど、もちろんエアコンはあったさ」

平気な顔で赤松は言った。

「わたしエアコンのないクルマなんて考えられないです」

「だけどね、エアコンがない代わりに、むかしのクルマには三角窓というのがついていたんだ」

「三角窓ですか？」

初めて聞いた言葉だった。

「うん、運転席や助手席のところのサイドウィンドウがふたつに分かれていて、前のほうが三角形の窓になっていてパカンと開くんだ。旧型チンクにももちろん付いている。ここから入る風が意外と涼しいよ。おまけに、旧チンクはキャンバストップだ。いざとなりゃ、天井もガバッと開けられる」

「でも、雨の日は無理だし、真夏は直射日光が射し込むでしょ？」

春菜としてはそれほど涼しい環境とは思えなかった。

「まぁ、仰せの通りだけどね。だいいち旧チンクが屋根を鋼板じゃなくて布にしたのは、騒音と振動対策なんだけどね」

赤松はとぼけた笑いを浮かべた。

「奥さんがよく我慢してるなぁ」

康長が感嘆したように言った。

「いや、カミさんは旧チンクには乗りませんよ。もちろん運転もしません。子どもたちが乗りたがっても許しません。わたしひとりのオモチャと思っているようです。その代わり、旧チンクの経費はすべてわたしのおこづかいから出してますけどね」

「奥さんは乗りたがらないのか」

気の毒そうに康長は言った。

「実はね、一回運転させてみたけど、RR式、つまりリアエンジン・リアドライブなんで、ステアリングはオーバーステアが強くてクセがあります。気をつけないと切り過ぎちゃうんですね。カミさんには『二度とハンドル握らせないで』って怒られましたよ。ブレーキもデイスクじゃないから大甘なんで怖くて乗れないって騒いでます」

赤松は苦笑を浮かべた。

「おまえの奥さん、たしか……」

康長の言葉に、赤松が冴えない声で答えた。

「ええ、結婚前はホワイトエンジェルスでした」

「なんですか？　ホワイトエンジェルスって……」

どこかで聞いたような言葉だった。白衣の天使ではなかったと思うが……。

「おい、知らないのか。第一交通機動隊の女性精鋭白バイ隊のことだよ。五名前後しか選ばれないエリート白バイ隊員なんだ。通常の取り締まりなんかのほかに二輪車安全運転講習やパレードの先導などの任務に就くんだ」

いささか早口で康長は言った。

「へえーっ、交通部の花形じゃないですか！」

思わず春菜は叫んでしまったが、赤松の表情は冴えなかった。

「言ってみりゃ交通安全対策のプロだな。その奥さんにダメ出しされてるわけだ」

康長がおもしろそうに言った。

「ええ、旧チンクのパッシブセーフティは最低だから、ぶつけられりゃすぐ死ぬ。走る棺桶みたいなもんだ。そんなクルマに子どもたちを乗せられるわけないだろって言われてます」

赤松は眉根を寄せた。

「赤松にしたって同じことだろう」

ニヤニヤしながら康長は問いを重ねた。

「わたしのことはどっちでもいいみたいです。結婚前は旧チンクやヴィンテージバイクの話で盛り上がることも多かったのですが、結婚して七年も経てばまぁそんなもんですよ……」

赤松は自嘲気味に言った。

春菜はなんと答えてよいのかわからなかった。

ちょっとの間、車内に沈黙が漂った。

「半世紀も経ったクルマの面倒を見てるなんて、赤松はクルマの整備が得意なんだな」

とってつけたように康長が聞いた。

「いや、得意じゃありませんよ。もちろん日頃のメンテは細かくやりますけど、専門ショップに頼ってます。旧車全体に言えることですけど、そのクルマに詳しいショップの存在は必須です。ショップのサポートがあるから、楽しい旧車ライフが維持できるんです」

明るい声に戻って赤松は答えた。

「なるほどな、そんなもんか。でも、手間も金も掛かるだろうし、奥さんにも嫌がられて大変だな」

康長はしんみりとした調子で言った。

「本気の趣味ってのは一種のマゾヒズムですからね。つらいことが多ければ、それを懸命に回避することに生き甲斐を感ずるもんです。そして、愛するものに接したときに無上の喜びを覚えるんですよ。わたしなんて旧チンクに乗ってるときは、嫌なことをみんな忘れてこの上ない解放感を味わってますよ」

朗々とした声で赤松は言った。

「俺にはよくわからんな。とにかく、赤松は旧チンク・ヲタクってことだな」

のどの奥で康長は笑った。

「その言葉には反論する気はないですね」

赤松は淡々とした声で答えた。

それからも赤松はしばらくの間、設計思想やイタリア人の国民気質と旧チンクの関係などをとうとうと喋り続けた。

「チンクなんて言い方は日本だけのもので、イタリアでは通じないんだ。イタリア語ではクルマは女性形の名詞だ。だから、女性形定冠詞をつけて『ラ・チンクエチェント』と呼ぶのが正しいんだよ」

康長は赤松の話をほとんど聞いていないようだった。春菜はまじめに聞いていたが、理解できない言葉も多くて疲れてしまった。

覆面パトは東名高速を秦野中井インターで降りて県道を進み、さらに細い住宅地のなかの道へと入っていった。

すぐに住宅は途切れ、うっそうと茂る雑木林を抜けると畑地が点在する高台に出た。

畑地と林が交互に現れる道を進むと、途中には震生湖公園入口という看板があった。

左手にはかなり広い砂利敷きのスペースがあって二台ほどのクルマが駐まっていた。

「ここも震生湖の駐車場だが、現場は下の駐車場だ」

覆面パトは看板を通り過ぎていく。

坂の途中に《ようこそ震生湖へ》という看板があって、右に細い坂道が分かれていた。

「もうすぐだぞ」

ぐんと細くなった坂道を康長はスピードを落として下っていった。

細道の左手には太陽光発電所があって、黒いソーラーパネルが陽光に光っていた。

正面の突き当たりに何台かクルマが見えているところが震生湖駐車場だった。

公衆トイレの脇を抜けて康長は覆面パトを駐車場に乗り入れた。

目の前に松葉色によどむ湖水がひろがった。

そよ吹く風で水面にさざ波が立っている。

湖畔には転落防止のために設けられているコンクリート擬木の焦げ茶色の柵が続いていた。

クルマの鼻先を柵に突っ込むような感じで康長は覆面パトを駐めた。

「ここが現場だ」

康長はエンジンを止めると、さっとクルマから降りた。

春菜もすぐにアスファルトに降り立ち、赤松もクルマから出てきた。

深い森に囲まれた緑の水面は深山にでも来ているような錯覚を感じさせるが、震生湖は湖と呼ぶようなひろさは感じられなかった。対岸までは数十メートルほどの距離しかない。

背後には広葉樹の森がひろがって、アブラゼミの鳴き声があたりに響き渡っている。

対岸などの木々の梢からは何羽もの鳥が鳴き交わす声が聞こえてくる。

湖畔の数箇所で釣り糸を垂れている人の姿がぽつりぽつりと見えた。

右手には赤い鳥居が建てられて参道が丘の上へと続いていた。

すでに規制線の黄色いテープや鑑識標識などは片づけられており、とても殺人事件があったと思われる現場には見えないのどかな光景だ。

直射日光はきついが、さざ波を作って湖面を渡って来る風のおかげでずいぶん救われる。

「静かな湖ですね」

春菜は隣に立つ赤松に声を掛けた。

「うん、いい湖だな。旧チンクと来たいよ」

赤松は明るい顔つきで笑った。

日頃は口数も少なく心のうちを表に出さない赤松だが、本部を出てからというもの、別人のように表情豊かだ。いまの姿が本来の赤松なのかもしれない。

「この静けさをチンクで破っちゃいません？」

春菜はいたずらっぽい口調で言ってみた。

「夜なら誰もいないんじゃないか？　でも、こんな遠くまで連れてくるのは無理だな」

赤松はちいさく笑った。

そんなのんきな話をしている場合ではないが、康長はスマホを覗き込んではタップし続けている。おそらくは捜査資料と実景を見比べているのだろう。春菜たちは康長の指示を待つしかなかった。

「遺体投棄現場はここだな」

スマホと景色を見比べながら、いきなり康長が言った。

春菜はハッとして康長の立つ場所を見た。

焦げ茶色の柵の前に震生湖公園という秦野市が設置した看板と、震生湖の海抜や面積などを記した説明板が立てられていた。

康長は右側の看板のさらに右側を指さした。

「コンクリート擬木柵のこのあたりに、被害者天童さんの綿パーカーの繊維くずが引っかかっていた。さらにすぐ真下の斜面の草が倒れていて遺体が転がり落ちた形跡も見られた」

湖面を見つめて康長は眉間にしわを作った。

「遺体はどこで見つかったんですか」

春菜の問いに康長は湖面に視線を置いたまま言った。

「この岸辺から南岸の方向に二〇メートルほどの地点だ。うつ伏せの状態で湖面に浮かんでいた」

「沈まなかったのですね」

「犯人の期待に反してな」

康長は皮肉な声で答えた。

「事件の発覚を遅らせようと、遺体を湖水に投げ込んだんでしたよね」

「おそらくはそうだ。だが、被害者の天童さんは湖面に落とされた時点ですでに死んでいたか、完全に意識を喪失していたんだ」

「どうしてそう言い切れるんですか」

「遺体が沈まなかったからだよ」

もともと刑事畑でない春菜は、法医学は基本的なことしか覚えていなかった。

「えーと、肺に空気が入っているんでしたっけ」

おぼつかなげに春菜は言った。

「そうだ。溺死の場合にはどうしても肺に水が入る。その重みで死体は沈むのがふつうだ。だが、水に入った時点ですでに死んでいると、肺には水は入らず空気が入ったままだ。肺の容量は成人男子で左右各三リットル、合計六リットル程度と言われている」

したり顔で康長は言った。

「ペットボトルの大きいので三本分ですか」

ちょっと驚いた。肺にはそんなにたくさんの空気が入るのだ。

「そうだ、この空気はかなりの浮力を持つ。試しにプールなどで力を抜いて水に身体を投げ出してみろ。絶対に沈まないはずだ。これが溺死だとすると、溺れたときに水を飲み込んで肺の中に水が入っているので沈むことが多い。時間が経って体内に腐敗ガスがたまれば浮き上がることになるがね」

康長はちょっと顔をしかめた。

幸いにも春菜は溺死体を扱ったことはなかった。

できれば腐乱死体などには出遭いたくないものだ。

「なるほど、犯人はその理屈を知らなかったのですね」

「そういうことだろうな。湖に沈めたいなら手足に重しでもつければよかったんだ。草むらにでも隠したほうが発覚を遅らせることができただろう。結局、そんな余裕はなかったんだろうな」

康長は春菜に向かって微笑んだ。

「なるほど、すごく勉強になります」

春菜は素直に頭を下げた。

「もう一度勉強のし直しだな。細川も捜査に携わることが増えてきたからな」

赤松がからかうように言った。

「えへへ、勉強します」

春菜は照れ笑いを浮かべた。

「まぁ、俺が機会を見つけて教えてやるよ」

康長は頼もしい口調で言った。

「どうです？　現場に来てみてなにか新たな発見などはありましたか？」

赤松は康長の顔を覗き込むようにして訊いた。

「この投棄地点からはとくにないな。後頭部を殴って殺し、遺体をこの柵に乗せて回転させるように前に倒せば、斜面を転がり落ちて湖に落ちる。単独犯でも可能だ。さらに現場を見てよりはっきりと感じたことがある。細川、どう考える？」

康長はいきなり春菜に訊いてきた。

「犯人と被害者は顔見知りの可能性が高い……ではないですか」

春菜の答えに康長は大きくうなずいた。

「その通りだ。夜間、こんな場所で背後に立たれるなんて不用意に過ぎる。犯人を警戒していなかったとしか思えない。問題は天童さんがどうしてそんな遅い時間にここにやってきたかということだ」

「天童さんが呼び出されたのか、あるいは呼び出したのか……そのどちらかで天童さんと犯人の関係は真逆になりますよね」

「そういうことだ。仮に天童さんが呼び出されたのなら、犯人が天童さんの弱みを握っていたか、天童さんの利益になりそうな話で気を引いたかということになるだろう。犯人が呼び出されたのならその逆だ」

「いずれにしても天童さんと犯人の関係を把握していくことが大事ですね」

「うん、まずはそこを明らかにするしかない。もう一箇所見ておきたい場所があるんだ」

看板から左手の方向へと康長は歩き始めた。

春菜たちもあとに続いた。

数メートル先のケヤキらしき大木の下を康長は指さした。

「ここに天童さんのバイクが駐められていたんだ。こんな感じだ」

康長はスマホの画面を春菜たちに見せた。

木陰の草むらに隠れるように赤いボディのすっきりとしたバイクが駐められている。

「あれっ、これは……」

画面を見入った赤松が叫んだ。

「どうかしたのか？　赤松」

けげんな顔で康長が訊いた。

「いや、これは珍しいバイクですよ。カワサキ500SSマッハⅢというヴィンテージバイクです。たしか一九七〇年前後に発売されて、当時は『世界最速の量産バイク』と呼ばれた名車です。ほら、三気筒のシリンダーの下から三本のマフラーが後方へ延びてるでしょ。これで一発でわかります。いい状態のようなのでマニア垂涎（すいぜん）じゃないですかね。非常に貴重なバイクです」

赤松は画面を食い入るように見て答えた。

春菜にはよくわからないが、なんとなくクラシックな外見をしている。

「そうなのか……天童さんはバイクも旧車も好きだったんだな」

「クセが強くて扱いにくいので『じゃじゃ馬』とも呼ばれていました。天童さんはバイクの運転も得意だったんでしょうね」

「なるほどな。ちなみにキーはつけられたままだった。また、バイクからは天童さん以外の指紋は発見されていない。天童さんはこのバイクで震生湖に来た後に殺されたものだと推察されている。ヘルメットはそばに転がっていた」

康長はスマホをしまった。

「どうしてこんな場所に駐めたんでしょうね」

春菜はぽつりと訊いた。

「たしかに不自然だとは俺も思う」

「駐車場に駐めるのがふつうじゃないですか。犯人が動かしてここに隠したんでしょうかね」

駐車場の端からは一〇メートルほどの距離だが、ここまで移動させる意味は感じられない。

「そう考えるのが自然かもしれないな。いずれにしても犯人につながる大きなポイントではないな」

気難しげに康長は答えた。

そのとき湖のほうから麦わら帽子にTシャツ姿の老人が現れた。

七〇歳はとっくに超しているだろうか。右手に釣り竿を持ち肩から中くらいのクーラーボックスを提げている。

「こんにちは」

春菜が明るい声であいさつすると、老人は笑みを浮かべて頭を下げた。

「あんたたち、なにしているんだね」

のんびりとした声が響いた。

「神奈川県警です。捜査中です」

康長が代表して答えた。

「ああ、刑事さんか。黄色いテープがなくなったからもう入っていいんだろ」

「ええ、大丈夫です」

「ここで殺人事件があったんだってな。あれから釣りをする人間がぐんと減ったよ」

眉をひそめて老人は言った。

「人気のある釣り場なんですか」

やわらかい声で康長は訊いた。

「そうねぇ、ぼちぼちかな。たいした釣果はないんだよ。ヘラブナはわりとかかるけどな。だけど、ほら、駐車料金も入漁料も取られないからタダで遊べる。来てるのは暇な年寄りばかりだよ」

老人はヘラヘラと笑った。

「夜間の釣り人はいないんでしょうか」

康長はそのままの調子で問いを重ねた。

「ここはねぇ、夜釣り禁止なんだ。と言っても、見張っている人間がいるわけじゃないけどな。ただ、さっきも言ったように年寄りの暇つぶしが多いから、夜は人はいないんじゃないかな。それに、むかしここで女の人が殺されて死体を湖に投げ込まれたって話があってね。その女の霊が引きずり込むから夜は来ないほうがいいって噂も流れてるしな」

恐ろしそうな顔つきで老人は言った。

春菜が驚いて康長を見ると、苦々しい顔つきになっていた。

「殺人事件などという事実はありません」

康長はちょっとつよい調子で言い切った。

一般人が知っているような殺人事件があったのなら、康長が知らないはずがない。

「そうかやっぱりデマか。警察の人が言うんだから間違いねぇな。とにかく夜釣りする人はまずいないよ。カップルとかも来ないみたいだな。なにせ街灯がないから夜は真っ暗だからね。夜はおっかない場所だよ」

　老人は首を縮めるような仕草を見せた。

「よくわかりました。ありがとうございました」

　康長がかたちばかり礼を言うと、老人はかるく会釈して駐車場の方向に歩み去った。

「赤松、細川、ほかに気づいたことはないか」

　ふたりを交互に見て康長は訊いた。

「いえ、ほかに新しい発見はありませんね」

　さらっとした調子で赤松は答えた。

「わたしもバイクの駐め方が不自然だと思ったくらいですね」

　引っかかっているのはその程度だった。

　捜査本部の推測は間違っていないだろう。

「じゃあ、もうここは終わりにして、天童さんの別荘に移動しよう」

　きびすを返しながら康長は言った。

「いよいよですね」

　赤松は声を弾ませた。

「おいおい赤松、遊びに来たんじゃないぞ」

康長はあきれ声を出した。

「いや、これは失礼」

とぼけた顔で赤松は笑った。

春菜たちは駐車場の覆面パトカーに向かって歩き始めた。

湖面で大きな魚が跳ねるような音が聞こえた。

強烈な陽ざしのなか、湖畔の森を通して涼やかな風が吹く震生湖はのどかな表情を見せていた。

3

覆面パトカーは宮ヶ瀬湖へ続く県道64号から舗装林道に入った。

センターラインはなく道幅は狭いものの、ガードレールは続き路面の状態は悪くない。

道路の両脇には雑木林が続き、窓を閉めていてもうるさいくらいにセミの声が響いてくる。

キャンプ場への分岐を通り越して一軒の別荘らしき建物を過ぎてしばらく下り坂となっている道を進んだ。

左手に二階建ての横幅の広いＲＣ構造の白い建物が現れた。

「ここだよ」

康長は建物の前の砂利敷きのスペースにクルマを駐めた。二台ほどが駐められるひろさだった。

春菜たちは次々にクルマから降りた。

別荘と呼ぶにはあまりにも素っ気ない建物だった。

四角い建物のコンクリート壁に白い塗装が施されている。

一階部分は何枚ものグレーのスチールシャッターが下りていた。

おそらくはガレージなのだろう。

二階には銀色のアルミサッシ窓が並んでいるが、ベランダなども設けられていない。

まるでどこかの会社の倉庫兼事務所のように見える。

背後は杉林の多い切り立った斜面で、まわりには庭と呼べるようなスペースもなかった。

通り過ぎた別荘から数百メートルの間、人家らしきものは一軒もなかった。夜間は通るクルマも絶えるに違いない。

被害者の天童がこの別荘に立ち寄ったかどうかははっきりしていない。目撃証言などが取れないのは当然だった。

康長が指さしたのは、スチールシャッターが並ぶ右端に見える銀色のアルミドアだった。

これまたなんの飾りもないドアで、上部に横長の蛍光灯の照明器具があるだけだった。

春菜たちはドアの前に進んだが、インターホンはあるものの表札ひとつ出ていなかった。

ポケットから鍵を出して康長はドアを開けた。

内部に入ると、湿っぽい臭いが感じられた。

右手のガラス窓からの陽光で、室内は意外と明るかった。

フローリングの床とクロス張りの壁で外観よりはいくらか住宅らしい雰囲気が感じられた。

靴を脱ぐスペースの奥は廊下になっていた。

ずっと続く廊下の奥に二階へと続く板張りの階段があり、そこにたどり着くまでの右側にはトイレやバスルームらしいドアがいくつか並んでいた。

左手の壁にも一枚のドアが設けられていて、あとはクロス張りの壁が続いている。

「遺族の許可を得てここには捜査員が入っているが、事件の解明につながるようなものは発見されていない。だが、天童さんの旧車趣味がいちばんよくわかる場所だと思ったんで連れてきたんだ」

康長は左手のドアを別の鍵で開けて、隣の部屋に入った。

春菜と赤松もあとに続いた。

オイルと金属の入り混じったような臭いが鼻を衝いた。

すぐに康長がスイッチを入れてくれたので、天井に並ぶ直管蛍光灯に光が入って目の前が明るくなった。

さまざまなかたちのクルマが鮮やかな色合いにずらりと光っている。

予想通り一階部分はガレージだった。一〇台は駐車できるスペースだが、現在は七台の姿が見えていた。ドアすぐの二台分と反対側端の一台分は空いていた。

見たことのないような不思議なデザインのクルマばかりが居並んでいる。

ガレージの隅には整備に使う工具ボックスやオイルの缶などが整然と並べてあった。

駐めてあるクルマのキーが保管されているのか、壁にはスチールのキーボックスも設けられていた。

全体としてゆったりした作りで、クルマとクルマの間もじゅうぶんなスペースが確保されていた。クルマとシャッターの間には二メートルほどのスペースが保たれていた。

各レーンの中央部。つまりクルマの真下には溝が切られており、細いグレーチングでフタがしてあった。フタの両側の床がテーパー状になっているところを見ると、洗車の際に排水ができるような仕組みを備えているらしい。

すぐそばに水道栓があって水色のホースが巻いてあるので間違いなさそうだ。

「おお！　これはすごい！」

赤松はうわずった声で叫ぶと、いちばん近くに駐めてある軽自動車より少し大きいくらいの丸っこいバンに駆け寄った。

窓から下がオレンジ、上部が白に塗り分けられたボディはピカピカに光っている。

前面はまっすぐ切り立ってリアエンドはやや細めの不思議な形状をしている。全体のシルエットを見ると前後がわからないように感ずる。

シルバートリムされた丸目のヘッドライトがかわいいが、なんとも珍妙な顔つきだ。

フロントマスクのまん中にちいさな銀色のグリルがあって同じく銀色の飾りがヒゲのように横に延びている。

なんというか「チビオヤジ」という雰囲気なのだ。

かっこいい、かわいいとも違うおかしみのある顔だ。

このクルマが街を走りながら甲高いオヤジ声で「ジャマだぁ、どけどけ～」などと叫んでいる姿を春菜は思い浮かべた。ディズニーキャラなどでCGアニメでも作ってほしい気がする。

「フィアット600ムルティプラ……まさか実車に出会えるとは……」

真剣に見つめる赤松の声は震えていた。

「フィアットなんですね？」

「うん、設計者はチンクエチェントと同じダンテ・ジアコーザだ。一九五六年から六九年まで生産されていた旧チンクと並ぶフィアット大衆車のスターだよ」

満面の笑みで赤松は言った。

「すごくきれいなボディですね」

とてもそんな古いクルマには見えない。

「フルレストアして再塗装してるんだよ。こんなにちいさいクルマで排気量も初期モデルで六三三ccしかないが、二名掛けのシートが三列備えてあって六名が乗車できるんだよ。当時はローマを走るタクシーにもよく使われていた」

室内に目を向けて赤松は説明した。

「こんなにちいさいのに六名ですか」

春菜は室内を覗き込んだ。ちんまりとした白いシートがたしかに三列並んでいる。

「後ろ二列のシートがないタイプもあって、それはバンとして使われていたんだ」

赤松の手がボディに伸びかけた。

「触るなよ」

康長が冗談っぽい口調で言った。

「触りませんよ……」

ちょっとムッとしたような口調で赤松は答えた。

「ムルティプラってのは多様性とか多目的を表すイタリア語だ。その名の通り、このクルマは当時のイタリア国民が望んでいたマルチパーパスカーだったんだ……それにしても天童さんの旧車コレクションはすごいなぁ」

赤松はガレージ内を見まわして感嘆の声を上げた。

「そんなにすごいのか？」

康長は赤松の顔を見て訊いた。

「一九五〇年代から七〇年代くらいまでの希少な旧車ばかりです。それも各国にわたるコレクションですね。エンジンなどの状態はわかりませんが、少なくとも外観は極上のものばかりです。このまま旧車博物館に並べたいくらいです」

興奮気味に赤松は答えた。

「なるほどな……」

康長のこころはそれほど動かされなかったようだが、駐まっている七台をひと通り眺めまわした。

「これは知ってるぞ。ワーゲンバスだな」

康長はムルティプラの隣に駐まっている小ぶりなバンを指さした。

上部が白で下部はスカイブルーというポップなカラーだ。しかもフロントマスクのところで波形のカーブに塗り分けられていて、ど真ん中に銀色に光る大きなＶＷのエンブレムが光っている。一度見たら忘れられない顔つきだ。

「はい、正確にはフォルクスワーゲン・タイプ２と言います。ビートルのコンポーネンツを利用したトランスポーターで、ワーゲンですのでご承知のようにドイツ車です」

赤松はクルマのかたわらに立って説明した。

「わたし、これのちいさいのを見たことあります」

春菜のいまの瀬谷のアパート近くで、このクルマを縮小コピーに掛けたようなクルマが走っているのを二、三度見かけた。デザインが変わっているので覚えていた。

「それは日本の軽バンをベースにした『なんちゃってワーゲンバス』だよ。そんなレプリカもどきが作られるくらい人気があったってわけだよ」

笑いながら赤松は答えた。

「ほかにはどんなクルマがあるんだ？」

居並ぶクルマに目をやって康長は尋ねた。

「順に説明しますね。二台分が空きですが、最初に見えてるのが、さっきから言ってるフィアット600ムルティプラ、隣がフォルクスワーゲン・タイプ2……」

「あんまり詳しく聞く必要はないや。ごく簡単でいいよ」

康長は赤松の肩に手を置いて言った。

「いや、わたしはフィアット以外はイタリア車でも詳しくないので、車名のご紹介くらいしかできません。自動車雑誌で写真は見てるので車種はわかります」

「それならいいんだ」

ホッとしたような声で康長は答えた。

赤松は駐車車両に沿ってクルマの前のスペースをゆっくりと歩き始めた。

春菜と康長はあとに続いた。

「タイプ2の隣にあるのはフランスのシトロエンが一九六一年から七八年まで生産していたアミという小型大衆車です。アミはフランス語で『友だち』という意味。その名のようにフランスの大衆に友だちのように愛されました」

四角いヘッドライトが特徴的で、どこか宇宙人のような顔を持つ白いクルマだ。

「お隣はオースティン・ミニ・カントリーマン。旧式ミニのステーションワゴンです」

旧式のミニの後ろのほうをストレッチした感じのステーションワゴンだ。ごく淡いグリーンのボディカラーは似合っているが、後ろ半分に木枠が埋め込まれている。

「ミニは見たことがありますが、この木枠はなんですか」

春菜は木製のボディのクルマなど見たことがない。

「ステーションワゴンは本来駅馬車の意味だ。馬車から進化した初期のクルマは、ボディの構造部材に木材を用いていた。ステーションワゴンにはその伝統が残ったんだ。もっともミニの時代には装飾に過ぎなくて構造材は金属だ。このカントリーマンの木枠は家具や建築用材に用いられるホワイトアッシュ材を使っている。定期的にニスを塗り直す必要があってこんな風に美しく維持するのは大変なことなんだよ」

しみじみとした声で赤松は言った。

「天童さんはクルマに手間暇かけている人だったんだなぁ」

康長が感嘆するような声を出した。

「その隣は『ミニ・ロールス』と言われたバンデンプラ・プリンセス。いろいろとややこしい話は措くとして、イギリスのBMC社がベルギーのコーチビルダーであるバンデンプラ社と共同で開発し一九六三年に発表しました。ロールス・ロイスを所有するような上流家庭のセカンドカーという位置づけで開発されたのです。『ベビー・ロールス』『ミニ・ロールス』というあだ名で呼ばれているんです。設計はミニと同じアレック・イシゴニスなので、ミニで成功した要素が随所に活かされています」

暗いローズ色に塗られたこのクルマは、右のミニより少し大きいボディだが、独立したボンネットとトランクを持っているので四人が乗ったらギリギリという大きさである。フロントにはロールス・ロイスのような立派な銀色のグリルが光っている。ちょっと覗き込んだら、ダッシュボードはニスが輝くウォールナットらしき木製で、明るい茶色のシートも高級な革のようだ。

大型の高級車は権高なイメージで苦手だが、こんなちいさな高級車なら魅力があると春菜は思った。

赤松はさらに隣へと身体を移した。

「お隣はBMWイセッタだ。珍車だな」

おもしろそうに赤松は言った。

「変なクルマ……」

春菜はつぶやいた。

まさに変なクルマだ。軽自動車よりかなりちいさい。問題はぷっくりふくらんだフロントノーズだ。ふくらんだ部分はドライバーが乗り込むためのドアになっているのだ。

ボディの横に独立したヘッドライトが砲弾型のケースに入って取りつけられている。

まるでカエルだ。まんなかのちいさなBMWのエンブレムが似つかわしくない。

「イタリアのイソ社のイソ・イセッタというクルマを、ドイツのBMW社がライセンス生産したんだ。だけど、本家よりこっちのほうが売れたんで、そう呼ばれている。戦後の復興期に西ドイツ国民の大事な足となったんだ。単気筒エンジンなんでかなりうるさいクルマという話だよ。旧チンクのほうがずっと静からしい」

赤松はのどの奥で奇妙な笑い声を立てた。

七台目の最後のクルマの前まで進んだ。

「最後は日本車だ。トヨタ・パブリカ・コンバーチブルだよ」

隣のクルマは黒い幌を持つオープンカーだった。

白いボディの小型車だが、スポーツカーという感じではない。

まるいふたつのヘッドライトがとてもかわいらしい。

「これ、日本のクルマなんですか……あっ、『トリック』の次郎号？」

幌車だし色も違うのですぐには気づかなかったが、屋根をつければ仲間由紀恵主演のテレビドラマ『トリック』で阿部寛が演じる上田次郎教授の愛車次郎号だ。

「そうだよ。次郎号のオープンタイプだ。初代パブリカは一九六〇年代にトヨタが当時の通産省の国民車構想に応えるべく開発した大衆車だ。当時の国民が求めるマイカーに比べて質素だったことで売れ行きは低迷し、六三年にデラックスタイプを発売したことで少しずつ人気を高めていった。このコンバーチブルも六三年から発売されている」

やはりそうだ。次郎号のオープンタイプだった。古いドラマだが、春菜はサブスクの動画などでだいたいの回は見ていた。

「そうだ、俺もどこかで見たことがあると思ってたんだ。あのドラマ、テレビも劇場版もよかったな」

康長が楽しそうに言った。

「半世紀をとっくに過ぎたクルマです。ドラマの次郎号はわざとドアを外したりしていますが、こんないい状態のパブリカ・コンバーチブルは珍しいですね」

感心したように赤松は言った。

「とにかく、天童さんのコレクションは、貴重なクルマばかりなんだな」

確かめるように康長は訊いた。

「はい、それぞれのファンから見たら垂涎もののコレクションですね。ここには高級車はありません。ですが、世界の自動車の歴史上では価値あるクルマばかりだと言えます」

赤松はまじめな顔で言い切った。

貴重なコレクションなのは間違いないだろう。ムルティプラやイセッタが代表選手だが、ここに並んでいるクルマは、なんと言うかちょっとおマヌケなクルマばかりだという気がした。

「あの……かわいいというかファニー・フェイスのクルマばかりですよね」

春菜は自分の感想をソフトな言葉で表現した。

女性の個性的で愛嬌のある顔立ちを指す言葉がいちばんふさわしいような気がした。

赤松は眉間にしわを寄せた。

「まぁ、旧車趣味といっても人それぞれだからな、ひとつの車種に入れ込むわたしみたいな者が多いが、天童さんは浮気者というかさまざまな旧車を愛していたようだ。彼は大衆車の歴史に残る車が好きだったようだ」

いくぶん険しい声で赤松は答えた。

「だけど、どのクルマもきれいにしてるな」

取りなすような口調で康長は言った。

「天童さんは洗車に余念がなかったんでしょう。このガレージの設計を見ればわかりますよね」

赤松はパブリカの下にある排水用の溝を指さした。

「そう。これは賢明な設計だよ。前のコンクリートスペースまで持ち出して洗うこともあったのだろうが、基本はガレージ内で洗車してたんだろうな」

康長の言う通りだろう。

「そうですね、オリジナル塗装のクルマもありますし、できるだけ太陽光線に当たらないようにしていたのでしょう。とくに濡れたまま屋外に放置すると、水がレンズの役割を果たして塗装が色あせする原因になりますからね。本格的なリフトがないところを見ると、整備や修理は基本的にショップ任せだったんでしょう。これだけのクルマを整備するとなると、リフトはもちろん、たくさんの工具が必要になりますからね」

赤松はガレージ内を見まわしながら言った。

「このさまざまなのを一手にやってくれる業者があるのか」

康長は赤松へ顔を向けて訊いた。

「いや、それは無理ですよ。イタリア、ドイツ、フランス、イギリス、日本の旧車をすべて見られる業者なんて聞いたことがありません。旧車は手が掛かりますし、パーツを入手するのも大変ですからね。最低でも、三つか四つの専門ショップに頼んでいたと思いますよ」

考え深げに赤松は答えた。

「そのあたりの鑑取りが必要かな」

「ショップは当たる必要ないでしょう」

赤松は気楽な調子で答えた。

「そうだろうな。いくらなんでも殺人の動機となるようなトラブルが発生するとは思えないからな。仮に修理費などの支払いが遅れたとしても数十万円単位のものだろうしな」

「そう、彼のクルマでもっとも高額なのは、自宅マンションの駐車場に駐めてあったというポルシェ356Cだと思います。そのクルマも一〇〇〇万円くらいがいいところです。何年くらい乗っているポルシェですか」

赤松の問いに康長はスマホを取り出してタップした。

「ちょっと待ってろ……車検証の記載によると一〇年前のようだな」

康長はスマホを眺めながら答えた。車検証の写真が保存してあるらしい。

「じゃあ購入代金によるトラブルなども考えにくいでしょう」

たしかに赤松の言う通りだろう。購入代金のトラブルなら、もっと早く表に現れているはずだ。

「ところで、天童さんは霞生湖にバイクで向かったわけだ。そのカワサキのバイクは引き取り手が来なくてまだ秦野署に置いてあるんだが、ほかにバイクらしきものは置いてないな」

あらためてガレージを眺めながら康長は言った。

「バイクを収集する趣味はなかったんでしょうね。秦野署に置いてあるというカワサキ50

0SSマッハⅢは、あくまで日頃の足として使っていたんだと思いますよ」

そんな言葉を口にしながら、赤松はいつの間にかフィアット600ムルティプラの前まで戻っていた。あの珍妙なフロントマスクをぼーっと眺めている。

「赤松、そろそろここを出るぞ」

康長が赤松の前を通り過ぎながら声を掛けた。

「了解です」

赤松は名残惜しそうな顔でうなずいた。

「ちょっと待ってください。いちおう写真を撮っておきます」

春菜はポケットからスマホを取り出すと、ガレージと七台の旧車を何枚も写真撮影した。役に立つかはわからないが、記録が必要になる場合も考えられる。

戸締まりを済ませて春菜たちはガレージを後にした。

覆面パトは舗装林道を県道64号へ戻り始めた。

「しかし、あの天童コレクションはどうなるんでしょうね」

後部座席で赤松が冴えない声で言った。

「さぁな。相続人はここの鍵を貸してくれた妹さんひとりだ。その人が旧車なんかに興味があればいいんだがな」

康長はさらりと流した。

「まともな専門ショップに引き取ってもらうのがいちばんだと思いますね。旧車は放っておけば、ただの鉄くずになってしまいますからね。錆もどんどん進行しますし……」

心配そうに赤松は言った。

「我々が口を出せることじゃないよ」

康長は取り合わない。

「まぁ、それはそうなんですけど……」

赤松は口を尖らせた。

春菜はちょっとからかってみたくなった。

「班長、ムルティプラを譲ってもらったらどうですか？」

「じ、冗談でしょう」

舌をもつれさせて赤松は答えた。

「でも、よだれ垂らしそうな顔で見てたよな、赤松は」

康長は笑いまじりに言った。

「そりゃあ、あれだけ状態のいいムルティプラは滅多にないでしょう。でも、あくまでも外観しか見ていないんですよ。エンジンを始めとするメカの状態はわかりません。それ以前に、パッシブセーフティは旧チンクに負けず劣らずです。あんなもんを抱え込んだら、冗談でなく家から放り出されちゃいますよ」

赤松は眉を八の字にした。

「でも、すごくいい奥さまですよね」

これは春菜の本音だった。

「なんだよ、細川。いきなり」

とまどったような赤松の声が聞こえた。

「だって、ご自分もお子さんたちもお乗りにならないわけですよね。旧チンクは班長おひとりの完全な趣味の世界じゃないですか。それなのに、駐車場も自動車保険も車検も二台分を負担してるんですよね」

春菜は明るい声で言った。

「たしかに小型車二台分は払ってるけどね」

「それなのに文句も言わないなんてすごいなと思って」

赤松夫人は愛情深い女性に違いない。

「細川ならどうする？」

康長が訊いた。

「わたしなら、旧チンクを買うときに懸命に止めますね。それでも買ったら、子どもを連れて出ていきますよ。そうでなきゃ、ホウキで叩いて旦那を追い出しますかね」

相手もいないのだから、まったく架空の与太話だった。

「おお、こわっ」

わざとらしく康長は身を震わせるそぶりを見せた。

「ふつうはそんなもんですよ。だから、班長の奥さま、とっても素敵ですよ」

春菜の本音だった。

「そうかねぇ」

まんざらでもなさそうに赤松は答えた。

「ま、いい相手と出会えるのは、なにより幸せなことだよな」

まじめな声で康長が言った。

そう言えば、康長はバツイチだと聞いている。

「えーと、本部までどれくらいかかりますか」

気まずくなって春菜は話題を変えた。

「そうだな、渋滞を考えると一時間半くらいかかるだろう」

康長はさらりと答えた。

「どこかでお昼食べていきませんか？」

すでに一時をまわっている。じっさいにお腹が空いていた。

せっかくの機会だし、美味しいものを食べたい。

今朝作ってきた弁当は本部の机の上に置いてあるが、この際、あきらめてもいい。

「そうだな、帰って本部の食堂で食うのもパッとしないな」

康長は明るい声で答えた。

「わたしもつきあいますよ」

赤松も賛成らしい。

「じゃあ、わたし探してみます」

弾んだ声で春菜はスマホを取り出した。

第二章　旧車に恋する人々

1

「んー、気持ちいい」

両腕を空に伸ばし思いきりのびをして、春菜は海辺の空気を吸い込んだ。

潮風の香りにはなんとなくウキウキする。

「まぁ、こんな天気のいい日の海はやっぱりいいもんだな」

康長も表情が明るい。

翌日の午後二時少し前、春菜と康長は鎌倉市の七里ヶ浜海岸駐車場に到着した。

公営のようにも見えるひろい駐車場だが、鎌倉プリンスホテルが運営している。

ここに来る途中に確認した同ホテルのサイトには「ＣＭやミュージックビデオ、ファッション雑誌の撮影のほか、自動車の展示会などさまざまご利用いただけます」と書いてあった。

たしかに目の前は素晴らしい景色の駐車場だ。

薄藍色に光る海が視界いっぱいにひろがり、沖合には入道雲が力づよく湧き上がっている。

右手には緑色の江の島がくっきりと浮かび、さらに右手にはうっすらと霞んだ富士の姿も見える。少し左に視線を移すと箱根から伊豆へ続く淡い紫色に山並みが伸びている。

首を巡らして国道１３４号を挟んだ北側に目をやると江ノ電が走ってゆく姿が見える。

その後ろには県立七里ガ浜高校の校舎が左右に延びていた。

なんというか、実に決まった風景だ。

もしかすると、アニメ聖地のひとつになっている場所なのかもしれない。

「すごくいい眺めですね」

「水蒸気が多い夏にしちゃ遠くまでよく見える日だな。さっきひどい雨が降ったからそのおかげだな」

上機嫌の声で康長は言った。

つい一時間ほど前の藤沢駅では土砂降りだった。

江ノ電に乗っているうちに江ノ島駅付近から急に雲が晴れ始め、腰越(こしごえ)を出ると拭われたように青空がひろがった。

「いいタイミングでしたね」

「うん、傘を差したのはＪＲから江ノ電に乗り換えるときだけだからな」

「おかげで空いているみたいですね」

春菜は駐車場を見まわして言った。

スマホで調べたところ、この駐車場は夏場は相当に人気があるそうだ。

場内に建っている《パシフィックドライブイン》というハワイ料理のレストランも一時間待ちはザラで、テイクアウトにも長蛇の列ができるという。

だが、今日は人の姿が少ない。三〇〇台以上駐められるというだだっ広い駐車場にも空きが目立つ。

「ほら、沖にうっすら見えてるのは伊豆大島だよ」

康長は沖合を指さした。

入道雲の下に青い島影が浮かんでいる。

「すごい、伊豆諸島まで見えるんですね」

「冬場の晴れた日はたいてい見えるな」

「そう言えば、浅野さん、横須賀署にもお勤めだったんですよね」

「うん、だからこのあたりの海はよく見てたんだ」

そんな話をしているうちに約束の時間が近づいてきた。

バタバタという大きなエンジン音が聞こえてきた。

ちょっと大型バイクにも似ているが、初めて聞く特徴的な音だ。

駐車場の入口から少しくすんだアイボリーの丸っこいクルマが入ってきた。

「カブトムシだ……」

春菜は独り言を口にした。

フォルクスワーゲン・ビートル。このクルマは知っている。たしかに名簿に記された水野の備考欄には「旧型フォルクスワーゲンなど」と記されていた。

春菜がちいさい頃には、実家の庄川温泉郷のあたりでも見かけることがあった。

このクルマを見ると母はいつも「なつかしい」と喜びの声を上げていた。

母は砺波人ではなく、高校時代を富山市内ですごした。

一九八〇年代の富山市の女子高生たちは「黄色いビートルを見ると幸せになる」「一日にビートルを三回見たら幸せになる」「白いビートルを見たら好きな人と結ばれる」などと言って騒いでいたそうだ。こんなビートルにまつわる験担ぎは、富山だけではなく当時はあちこちに存在したらしい。

春菜はビートルを一日に二度以上見たことはない。きっと母の少女時代はもっとたくさん街中を走っていたのだろう。

白いビートルなら好きな人と結ばれるという話だが、近づいて来るのはアイボリーだ。その験担ぎは適用されるのだろうか。もっとも春菜には好きな人もいない。

アイボリーのビートルは春菜と康長が立つ場所から三メートルくらい離れたところのレーンに駐まった。

全開だった運転席と助手席の窓が次々に閉められた。このクルマにもエアコンは付いていないようだ。

右側のドアが開くと、ひとりの男がアスファルトに降り立った。

白地に薄いグレーのエスニック柄シャツにおとなしめのダメージデニムを穿いている。シンプルだが、なかなかオシャレなコーデだ。

濃いめのブラウンに染めたミディアムの髪が潮風に揺れている。

鼻筋が通った端整な顔立ちだが、どこかやり手という雰囲気を持った男だった。

登録されている水野忠司とみて間違いがなさそうだ。

春菜たちはビートルにゆっくりと歩み寄っていった。

「あの、県警の方ですよね」

男は春菜たちを見ると、白い歯を見せて明るい声で訊いてきた。

「はい、県警刑事部の細川です」

春菜は相手のトーンに負けない明るい声で名乗った。

「はじめまして、水野です。わざわざこんなところまでどうも」

水野はかるく頭を下げた。

「いえ、便利なところですから。すぐにわかりましたね」

駐車場に入ったところで、水野から電話をしてもらう約束になっていた。

「この駐車場でおふたりみたいな格好をしていたら、すぐわかりますよ」

笑いまじりに水野は言った。

「はは、おっしゃる通りだ。同じく刑事部の浅野です」

康長は苦笑して答えた。

「素敵なビートルですね」

春菜はアイボリーの車体を眺めながら言った。

お世辞ではなく、とてもシックな外観だ。春菜が見たことのあるビートルよりもクラシックな感じがする。手入れが行き届いているのだろう。塗装には経年変化を感じるが、バンパーもドアノブもピカピカの銀色に光っている。

「ありがとうございます。きれいなボディでしょう。再塗装していない一九六六年式なんですよ」

　水野は嬉しそうに笑った。

　赤松のチンクエチェントは七二年式だと言っていた。さらに六年も古い。

「ずいぶん古いクルマなんですね」

　春菜はビートルをまじまじと見た。

「ええ、半世紀を経たビートルです。ビートルは愛称でして、正式な車名はフォルクスワーゲン・タイプ1と言います。空冷のタイプ1は一九三八年から二〇〇三年までなんと六五年間生産されました。本国ドイツでは一九七八年に生産を終え、その後はメキシコとブラジルで作られました。六五年の間には細かいデザインの変更は、ほぼ毎年のように行われたんですよ。ですが、一般に一九六八年式までを低年式、六九年以降を高年式と呼んでいます。僕のビートルは低年式の最終型なんです。六八年式は低年式と高年式の中間のようなスタイルなので、低年式らしさはこの六六年式が最後と言ってもいいかもしれません」

　熱っぽい口調で説明を続ける水野にはいままで会ってきた何人かの協力員と同じ匂いを感じた。もっとも赤松にも近いものがあったが……。

「わたしが見たことのあるビートルとは微妙に違うような気がします」

　記憶のなかのビートルはここまでクラシックな外観ではなかったはずだ。

春菜の言葉に水野は我が意を得たりとばかりにうなずいた。

「ええ、低年式と高年式ではボディスタイルはほぼ同じですが、外観ではバンパーやヘッドライトやテールランプの形状が大きく異なります。一九五五年から六七年式のバンパーは北米仕様なんですよ。ブレードの上にパイプ状のバンパー・ボウがありますでしょう。日本ではダブルバンパーとも呼ばれていました。アメリカとカナダのバンパー強度や高さに対する安全基準に適合させた形状なんです。高年式ではプレスバンパーと呼ばれる鉄板をプレスしただけの単純な形状です」

現物と引き比べながらなので、水野の言葉はなんとか理解できた。

そうか、バンパーのかたちが大きく違うのだ。

いまのクルマのバンパーは樹脂製でボディと一体化されているものが多い。春菜が見たことのあるビートルのバンパーは独立していたが、もっと単純なかたちだった。このバンパーは旧車らしく銀色に輝く金属製で、優雅な形状は独特の存在感を示している。

「エレガントなバンパーですね」

春菜は素直な感想を口にした。

「このバンパーは低年式ビートルへの憧れのひとつとなっています」

水野は誇らしげに言った。

「長い歴史を持つクルマだけにいろいろなバリエーションがあるのですね」

「そうなんです。たとえばリアウィンドウもふたつに分かれたスプリット・ウィンドウが五三年式まで、続けてまん中のピラーをとって曲面ガラスに変えたオーバル・ウィンドウが五七年式までです。それ以降は長方形の角を丸めたようなスクウェア・ウィンドウとなりますが、大きさで三種類に分かれます。六四年までがスモール、七一年までがミディアム、その後がラージとなります。僕のビートルはミディアムスクエア・ウィンドウというタイプですね。外観をぱっと見てヘッドライト、バンパー、リアウィンドウ、テールランプの違いがわかれば、タイプ1マニアと言ってもいいでしょうね」

水野は愉快そうに笑った。

「インテリアもいろいろなタイプがあるんでしょうね」

深い考えもなく春菜は言ったが、失言だった。

「まぁ、見てください」

気負い込んで水野はクルマに近づいてドアを開けると、春菜に促すような仕草を見せた。

仕方なく春菜は室内を覗き込んだ。

「わっ、レトロっ」

春菜は思わず叫び声を上げた。

樹脂で埋め尽くされたいまのクルマの室内とはまるっきり違う。

ざっくり言うとブリキの高級なオモチャのような雰囲気なのだ。

ボディと同じ塗装のアイボリーのダッシュボードには運転席の目の前に大きなスピードメーターがあって後ろに細かいスリットがいくつも刻まれている。スピードメーターのすぐ左に燃料計が埋め込まれていた。その左には白いノブがふたつ並んでいる。ノブの下にはラジオがある。助手席の真ん前にはグローブボックスが備えられていた。

ステアリングの下もなにやらノブがある。それだけしかないのだ。

だが、そのシンプルさが上品なレトロ感を醸し出している。

春菜にとっては新鮮なインテリアだった。

「すごくオシャレです」

「ご覧の通り、ダッシュボードにトリムという樹脂が貼ってないのです。衝突時にはいささか頼りないですが、当時のクルマはこうしたダッシュボードが一般的でした」

むかしのクルマはやはり衝突安全性、パッシブセーフティに問題があるのだ。

きっと赤松の奥さんはビートルにも乗りたがらないだろう。

「スピードメーターの後ろにあるスリットは飾りではないんですよね？」

訊きたかったことだ。

「これはラジオのスピーカーグリルです」

「ここから音が出るのですか！」

さすがに春菜は予想していなかった。

「そうです」

水野がラジオのスイッチをいじると、あまり音質のよくない音楽が流れた。

ダッシュボードが、大きなレトロラジオに見えてきた。

黒くて硬そうな樹脂のステアリングを外したらの話だが。

「まん中の白いふたつのノブはなんですか」

春菜はラジオの上のノブを指さして訊いた。

「左側がヘッドライトスイッチ、右側がワイパースイッチです。ノブを引くと作動します」

「いまのクルマはステアリングの左右についているレバーで操作しますよね」

捜査車両も、実家で運転する軽自動車もライトやワイパーはレバー式だ。

「かつてはこのようなスイッチノブ式がメジャーでした。ビートルでも後には現在のクルマのようなレバー式に変わったんですよ。ちなみに僕のビートルは、ステアリングホイールもメーターもシートもすべてがオリジナルです」

ラジオを消した水野は得意げに言った。

オリジナルという室内もシンプルそのものだ。

シートはヘッドレストのない薄茶色のビニールレザーで、ドアも内張りもシートと同じ薄茶色のビニールだった。

「エンジン音もカッコイイですね」

またまたつい口にしてしまったと春菜は悔いを覚えた。

陽ざしはきつい。このままこの駐車場で立ち話を続けるのはつらい。

「はい、エンジンもビートルの大きな特徴のひとつです。僕のタイプ1は一二八五ccの空冷四気筒エンジンなんですが、ビートルのエンジンは……」

「暑くありませんか」

康長が水野の言葉をさえぎってくれた。

「あ、そうですね。店に入りましょうか」

あわてたように身をすくめると、水野は背後の《パシフィックドライブイン》を指さして誘った。

春菜はホッとして感謝の気持ちで康長を見た。

かすかに笑って康長はうなずいた。

水野の希望で春菜たちはブルーのパラソルが陰を作っている白いテラス席についた。

駐車場で見ていた景色がさらに近く迫ってきた。

気温は高いが、潮風が心地よく全身を通り抜けてゆく。

「ここが混んでたら、近くの別の店にご案内しようと思っていたのですが、空いててラッキーでした」

水野は屈託のない笑顔で言った。

春菜と水野はそれぞれドリンクとパンケーキをオーダーした。康長はドリンクだけに留めた。昼に藤沢駅前のビルに入っている中華料理屋でラーメンを食べてきたばかりだった。

春菜たちは名刺を渡して、それぞれに役職などを名乗った。

「警察にはおもしろいポストがあるんですね」

水野は春菜の名刺を見ながら興味深げな声を出した。

「協力員の皆さんにお話を伺うのは、わたしひとりが担当しています」

春菜はにこやかに答えた。

「まさか、自分にお呼びが掛かるとは思ってもいませんでした。僕なんてただのビートル・ヲタクに過ぎないんですよ」

「実は今回は事件の関係で旧車に詳しい方のお話を伺いたいのです」

「旧車が関わる事件ですか……ちょっとびっくりしますね。いったいどんな事件なのですか」

水野は目を瞬いて訊いた。

「事件についてはあとで話しますね」

春菜はさらりと答えた。

震生湖で起きた事件については話せる範囲でゆっくり触れていけばいい。

水野は「有限会社トランス湘南　専務取締役」という肩書きの入った名刺を渡した。

「どんなお仕事をなさっているか伺ってもいいですか」

春菜は丁重な調子で訊いた。

「かまいませんよ。鎌倉市内で僕と叔父のふたりでレディースファッションと輸入雑貨を扱う店をやってましてね。ここから一五分ほどの場所なんですよ」

「お近くにお住まいなんですね」

「やっぱりビートルに無理させたくないですからね。わざわざ遠くまでご足労頂いて恐縮です。まぁ、通販がメインの会社で店に出ているのはスタッフなんですけどね」

「お忙しいところありがとうございます」

まずは礼を言って、春菜は登録捜査協力員についての諸注意を告げた。

「ご心配なく。細川さんたちにご迷惑をおかけするようなことはありません」

水野はきっぱりと言い切った。

「ビートルを好きになったきっかけを教えてくれませんか？」

いつものことだが、最初は協力員とのコミュニケーションを円滑にするための会話が重要だと思う。さらに相手のキャラも理解していきたい。そんななかで意外な情報が飛び出してくることを過去に経験してきた。

駐車場でビートルについての詳しい話を始めた水野だったが、実車が目の前にあったせいだろう。

少なくとも旧車を愛するものの心情を理解したい。

「僕は鎌倉市内の育ちです。腰越一丁目というここから江の島方面に二キロほど行った住宅地です。若い頃から江の島も七里ヶ浜も稲村ヶ崎も庭みたいなもんです。この駐車場にもしょっちゅう遊びに来てました。でね、このあたりはビートルの出現率が異常に高いんですよ。よそから遊びに来る人が多いんでしょう。それでビートルを何度も見ているうちにあの曲線美に惚れ込んでしまったのです。前から見ても後ろから見ても横から見ても美しいじゃないですか」

「本当にキレイなボディですね」

春菜の言葉に水野は嬉しそうにうなずいた。

「オーストリアの航空機技術者であるパウル・ヤーライが提唱し、後に世界中の自動車に影響を与えた流線型の自動車ボディをよしとするヤーライ理論をいち早く採用したボディです。このボディのおかげでビートルは水に浮くことでも有名なんですよ」

「本当ですか！」

ふつうのクルマが水に浮くとは信じ難い。

「フォルクスワーゲン社の実験結果はエンジンを掛けてプールに沈めても九分間は沈まなかったそうです。そんなむかしの話だけではなく最近の日本でも洪水の際に、ほかのクルマが次々に水没するなかで、ある社宅の駐車場に駐めてあったビートルがいつまでも浮いていたという話を聞きました。社宅の管理人は流れていきそうなビートルをロープでつなぎ止めたそうです。水が引いたあとでこのビートルは一発でエンジンが掛かったとも聞きます。機密性が極めて高いボディであることの証左です。見た目ばかりでなく性能的にも抜きん出たボディなんです」

水野は胸を張った。

春菜が高校生の頃に庄川一帯は台風による水害に襲われた。幸い春菜の実家は被害を免れたが、高岡高校の同級生のなかには自分の家のクルマが水没して廃車になってしまった家が何軒もあった。もしビートルだったらそんな被害を受けることもなかったのだろうか。

「それからね、前後の独立したフェンダーが素晴らしい。毎日見てても飽きません。世界にはほかにも丸っこいクルマはあります。でもね、ビートルほど美しい曲線美を持ったクルマは存在しませんからねぇ」

にたっと笑った水野の顔はいささか不気味だった。

水野は赤松以上にフェチ度が高いのかもしれない。

「あの……フェンダーってなんですか」

聞いたことのない言葉だ。ギターのメーカーでそんなのがあった気がするが、関係ないだろう。

「クルマの前後のタイヤを覆っている部分ですよ。泥道などでクルマのボディに泥が跳ねないように設計されています。フェンダーという言葉自体が英語で泥よけを意味する言葉です。もうひとつはタイヤを覆うことでほかのクルマや施設、人などに接触することを避ける目的を持ちます。このためフェンダーからタイヤが一〇ミリ以上はみ出ていると車検を通りません」

水野はスマホを取り出して自分のビートルの写真を見せながら、ビートルの前部の両端を指さした。

写真を見てすぐにわかった。タイヤの収まっている部分だ。左右のヘッドライトもこのフエンダーに取りつけられている。

「いまのクルマではこういう部分がありませんね」

春菜の言葉に水野は大きくうなずいた。

「そう、かつては多くのクルマがこうした独立フェンダーを持っていました。いまはボディと一体化しているのがほとんどです。独立したフェンダーを持っている乗用車はほとんどありませんよね。スパルタンな四輪駆動車の一部くらいでしょうか。ヘッドライトが埋め込まれたビートルの独立フェンダーは、クラシカルな雰囲気を際立たせています」

水野は張りのある声で言った。

いつの間にかボディ賛美の話に戻ってしまった。

「なんか、湘南とビートルって似合いますよね。むかしはサーフボードや海とビートルを組み合わせたイラストをよく見た気がします」

康長が話題を変えた。

「そう、そうなんですよ」

はしゃぎぎみの声で水野は言葉を継いだ。

「叔父がよくそんな話をしています。僕の叔父くらいの世代、五〇代後半から六〇代前半くらいの湘南人は、とくにそういう感覚を持っていますね。七〇年代なかばの頃はサーフィンブームがありました。それに続いてアメリカ西海岸、カリフォルニアなどのカルチャーが、マガジンハウスの『ＰＯＰＥＹＥ』などの記事でどっと入ってきました。そんな雑誌に掲載されていたビートルの写真が西海岸文化に憧れる当時の若者たちを大きく刺激したんです。それでビートルはファッションとして定着したんですね」

「そういう経緯でしたか」

興味深げに康長は言った。

「で、いま浅野さんがおっしゃったようなイラストもたくさん描かれました。たとえば、現在も逗子にお住まいの鈴木英人さんの作品は当時大流行でしたが、タイプ1と海がよく描かれていました。湘南を西海岸になぞらえた記事も少なくなかったそうです。そんな流行は湘南地区の飲食店などにも影響を与えました。たとえば、茅ヶ崎市の西端、国道１３４号線が相模川を渡るあたりにカリフォルニア風を気取った《キーウェストクラブ》というカフェレストランがありました。本店は原宿にあったカフェバーです。僕も薄ぼんやり覚えていますが、ここなんか、外壁からタイプ1を宙吊りにしたエクステリアになっていましたからね。当時の地元の若者は西海岸気分が嬉しかったんでしょう」

水野は声を立てて笑った。

「湘南がカリフォルニアというのは少し苦しいですね。あんなにからっとした気候でもないですし……」

呼応するように康長も笑った。

「一九八〇年代に秋篠宮、当時の礼宮(あやのみや)殿下が明るいオレンジ色のビートルで逗子や葉山をドライブしていたことも、そんなサブカルチャーの流行が影響していたのかもしれません」

「へぇ、そんなことがあったんですか」

康長はかるい驚きの声を上げた。

春菜ももちろん知らない話だった。

「地元では護衛の黒塗りのクルマに守られたオレンジ色のビートルに乗っているお姿を見た人がたくさんいます。お若い頃の愛車だったそうですよ」

「なるほどねぇ」

康長はあごに手をやった。

「ところで、サブカルチャーにおけるビートルについてのイメージの源流にあるのは、ヒッピーなんです」

「ヒッピーってなんでしたっけ」

春菜はとまどって訊いた。

「一九六〇年代のアメリカ合衆国で誕生したんですが、既存の道徳観や価値観に反抗したカウンターカルチャーの担い手の若者たちです」

「詳しいことは知りませんが、ひげやロン毛で派手な格好を好んだ人たちですね」

おぼつかなげに春菜は答えた。

「そうです。たとえばアップル創立者のひとり、スティーブ・ジョブズは大学時代にヒッピー文化に心酔していたことで知られています。彼らは合衆国の覇権主義を拒絶しようとしました。そのとき、彼らにとって愛と平和の象徴となったアイテムは、ビーズネックレスと平底サンダル、さらにはビートルでした」

スティーブ・ジョブズの映画を見たことはあった。彼がＬＳＤなどが生み出す幻覚や東洋的な価値観への憧れを抱いていたことは知っていた。

だが、ビートルとのつながりは少しもわからなかった。

「どうしてヒッピーの人たちはビートルを好んだのですか」

春菜の問いに水野はかるくうなずいて口を開いた。

「彼らはデトロイトの三大メーカー、つまりゼネラル・モーターズ、フォード、クライスラーの生み出すクルマを覇権主義を支える企業の代表と考えて、これを忌避したのです。ビートルを大型車へのアンチテーゼと考えた知識人層の考え方とも重なります。さらにヒッピーたちはそれらのメーカーのクルマの尊大に見えるスタイルやゴテゴテした仕様を嫌ったのですね。ビートルのシンプルさを愛したとも言えましょう。一方で、ボディ全体にサイケデリックなペインティングを施す若者たちも少なくはありませんでした。サイケデリックはLSDなどがもたらす極彩色の幻覚などが発祥と考えられています。あとで説明しますが、タイプ1ばかりではなく、タイプ2と呼ばれるワンボックス型のトランスポーターも盛んにペインティングされました。こういうケースでは彼らはビートルをキャンバスに見立てたのかもしれませんね。歴史上、ヒッピー文化の一端にビートルの存在があったことは忘れたくないですね」

水野は愉快そうに笑った。

タイプ2は天童のガレージでしっかり見てきた。あの車体全体にサイケデリックな塗装が施されたクルマが街を走っていたら、楽しいに違いない。

「ヒトラーが生み出したクルマをその対局にあるようなヒッピーが愛したというのも不思議な話ですね」

康長は考え深げに言った。

そうだったのか。ビートルが誕生した一九三八年といえばドイツではナチス政権が三月にオーストリアを併合した年だ。劇団四季のミュージカルで大好きになった『サウンド・オブ・ミュージック』は、その年の春に物語が始まる。翌年九月には第二次世界大戦が始まっている。あの暗い時代だ。ビートルはヒッピーが愛した平和とは正反対の時代に生まれたクルマでもあるのだ。

「いまのお言葉は半分は正しく、半分はあまり正しいとは言えませんね」

気難しい顔で水野は言った。

「どういうことですか」

康長は平らかな声で訊いた。

「たしかにタイプ1の元となるＶＷ38というプロトタイプは、ヒトラーの構想がきっかけとなって生まれました。ヒトラーが国民車構想すなわちフォルクスワーゲン計画の実現のためにフェルディナント・ポルシェ博士に設計を依頼したことにより一九三八年に誕生しました。フォルクスは国民の意味、ワーゲンはクルマの意味です。ポルシェ博士は後にポルシェ社を創業する自動車設計者です。さらに、生産体制が整備され始めました。しかし第二次世界大戦の勃発によって軍用車両の増産が進められ、民生用のタイプ1は量産されることはありませんでした。ドイツの敗戦後、連合軍側のフォルクスワーゲン生産会社の管理者となったイギリス陸軍のアイヴァン・ハースト少佐の尽力によって工場が復興され、一九四五年から本格的な生産が開始されたのです。さらにオペル社幹部であったハインリヒ・ノルトホフが最高経営者に就任し、一九五〇年代から西ドイツ国内はもとより合衆国はじめ世界中の人々に支持されて大変な台数が売れていきました。世界中がタイプ1の優秀な操作性と整備性を認めたんですね。タイプ1は瞬く間に世界中の人々の生活の足となりました。こうして輸出されたタイプ1は莫大な外貨をもたらし、西ドイツ復興の大きな力となったのです。やがてフォルクスワーゲンは年々規模を発展させ、現在ではフォルクスワーゲン・グループはトヨタと世界一を争う企業となりました」

立て板に水の勢いで水野は話し続けた。

「なるほどね。ヒトラーは構想しただけということですね。ビートルはポルシェ博士とドイツ国民の力で生み出されたとも言えますね。それとイギリスの少佐もビートルの恩人ですね」

康長の言葉に水野はうなずいて言葉を続けた。

「ちなみに連合国側はフォルクスワーゲンを調査して、優れた技術を持っていればこれを連合国の管理下に置くつもりでした。しかし、その設計があまりに独特だったので理解できませんでした。調査団の一員だったヘンリー・フォード二世は自動車王ヘンリー・フォードの孫ですが、タイプ1を『無価値』と判断したそうです。そのおかげで、国営だったフォルクスワーゲン生産会社は連合国に接収されませんでした。ドイツの半官半民の企業として生産を続けることができたのです。そして、タイプ1はモデルチェンジを一度もすることなく、単一の車種で二一五二万九四六四台という未曾有の台数を生産することに成功したんです。

この世界最多量産車の記録はいまだに破られていません」

誇らしげに水野は背筋を伸ばした。

「世界でいちばんたくさん作られたクルマなんですね！」

春菜は素直な驚きの声を上げた。

「そうですとも、世界でいちばん愛されたクルマです」

嬉しそうに水野は笑った。

「さまざまな人に愛されたのですね」

春菜の言葉に水野は両目をくるっと動かした。なにかを思いついたらしい。

「そのお言葉で思い出したんですけど、かつての日本ではビートルは『お医者さんのクルマ』というイメージがありました」

おもしろそうに水野は言葉を継いだ。

「まだ開業医がさかんに患者の家を往診する時代でした。一方でごく少数の富豪を除いて輸入車を購入することへのハードルはとても高かったのです。ところが、タイプ1は大金持ちとまでは言えない開業医の人たちに支持されて、次々に購入されていきました。とくに冬場の往診の際に、タイプ1はすぐに始動して患者のもとに駆けつけることができるクルマという評判がひろがったからです」

「どうしてなんですか」

首を傾げて春菜は訊いた。

「当時のクルマは冬場は暖機運転が必要でした。冷却水やエンジンオイルを温めるために一定時間アイドリングをしないと走り出せなかったのです。ところが、タイプ1はコールドスタートを売りのひとつにしていました。これは空冷エンジンの力でもあるのです」

「空冷エンジンは構造が単純でコストが下げられるから採用されたのではないのですか」

春菜は赤松から聞いたことを思い出して訊いた。

「そういった側面もありますが、タイプ1の場合にはほかの理由が大きいです。ラジエータ不凍液が発達していなかった当時、寒いドイツで冬の夜間、屋外にクルマを駐車しても故障しないようにタイプ1には空冷式を採用したのです。このことと頑丈で小回りが利くRR式であるという評判のおかげで多くの医師がタイプ1を購入しドクターズカーとして自ら運転したのです。往診に向かう頼もしい姿は日本国民にタイプ1の存在を知らしめることになりました」

張りのある声で水野は言った。

「なるほど、『お医者さんのクルマ』のイメージがビートルをひろめたのですね」

訪問診療にスポットが当たっているが、開業医がふつうに往診する時代は遠い気がする。

どこか微笑ましいエピソードだ。

「はい、さらにタイプ1にはしっかりした輸入代理店が存在しました。一九五三年からドイツ最終生産年の一九七八年まで四半世紀にわたってタイプ1の正規輸入代理店はヤナセでした。現在もメルセデス・ベンツやポルシェ、BMW、アウディなどのドイツ車を中心に輸入している外車輸入の老舗です。僕のタイプ1も最初はヤナセが輸入した右ハンドルのディーラー車です。ヤナセが扱ったために輸入車へのハードルが高かった時代にも、比較的容易に購入できたのです。このエピソードは、ウィキペディアには昭和三〇年代の話として紹介されていますが、わたしの父によれば鎌倉では昭和五〇年頃まで『お医者さんのクルマ』というイメージは残っていたようです」

水野はゆったりと微笑んだ。

なかなかおもしろい話が続くが、ビートル博士になるために水野と会っているわけではない。

「ビートルについて詳しいことを教えて頂いてありがとうございます」

春菜が頭を下げると、水野はあわてたように顔の前で手をせわしなく振った。

「まだ、タイプ1のメカニズムについて詳しい話をしてませんし、タイプ1をベースとするタイプ2やタイプ3、タイプ4、カルマンギアなどのお話もしていません。それにまだまだおもしろいエピソードがあるんですが」

気を引くように水野は言った
「またの機会に伺わせてください」

微笑みの社交辞令とともに春菜はやんわりと断った。

社交辞令が苦手な春菜だが、この場合は仕方のないことだ。

水野はがっかりしたような顔をしている。

「報道されているのでご存じかもしれませんが……」

言葉に力を入れて春菜が切り出すと、水野はいきなりさえぎった。

「天童頼人さんの事件でしょうか」

「ご存じでしたか」

春菜は驚いて水野の顔を見た。

「ええ、実は天童さんは僕の所属している《湘南カブトムシ倶楽部》のメンバーだったんですよ」

あっさりと水野は言った。

それならそうと最初に言ってくれればいいものを……と思った。だが、事件の話を先延ばしにしたのは自分だ。もっとていねいな対応を心がけるべきだったと春菜は反省した。

「どんなクラブなんですか」

　春菜は身を乗り出して訊いた。

「逗子市内の《ケーファー湘南》という空冷ワーゲン専門ショップを中心に集まっている愛好者グループなんです。ケーファーっていうのはビートルのドイツ語です。タイプ1をはじめ空冷ワーゲンのオーナーであることだけが入会条件です。集まってはビートルの情報交換をするとか苦労話をするような他愛もない会です。会費も月に一五〇〇円と運営事務費を取られるだけです。ショップはちょっとだけポルシェの旧車も扱っていますが、《湘南カブトムシ倶楽部》に入会するためには空冷ワーゲンのオーナーでなければなりません。まぁ、実際にはそのショップのお客さんがほとんどですね」

「メンバーはどこに住んでいて、何人くらいなんですか」

「葉山あたりから小田原くらいまでに住んでいる一五〇人ほどでしょうか。でも、ミーティングに集まるメンバーは逗子、葉山、鎌倉、藤沢に住んでいる三〇人ほどです。僕はほとんど毎回顔を出しています。逗子での飲み会も目当てのひとつですがね」

　水野は楽しそうに笑った。

「天童さんはミーティングには顔を出していましたか」

　期待を込めて春菜は訊いた。

「いいえ、少なくとも僕は一度も会ったことはないですね。天童さんはショップには顔を出してなかったんじゃないんでしょうか」

首を横に振って水野は答えた。

そのあたりはショップに確認すればいいだろう。

「では、名前だけの会員だったのですか」

「そうとも言い切れませんね。天童さんはショップが発行している『タイプ1通信』というフリーペーパーに原稿を書いていましたからね」

「その『タイプ1通信』とはどんなものなのですか」

「店が二ヶ月に一度発行しているフリーペーパーです。店がA4判の一枚でカラーコピーで作っているんだと思いますが、逗子や鎌倉のショップなどに置いてもらっているようです。天童さんはこのフリーペーパーにタイプ1についてのコラムを書いていました。先月出た最新版では『ビートルとビートルズ』という内容でしたね。ビートルズ一二作目の『アビイ・ロード』というアルバムジャケットの話です。一九六九年に発売されたこのアルバムはビートルズのアルバムの中でも大変に有名です。ジャケット写真は、ロンドンのEMIレコーディング・スタジオ前の横断歩道で撮影されました。四人が横断歩道を歩いている姿は多くの人が知っています」

「なにかで見たことがあります」

「この写真には後ろ向きの白いタイプ1が写り込んでいます。実は歩道に乗り上げて駐まっているので違法駐車なのです。昨年、フォルクスワーゲンのスウェーデン支社はアルバムリリースの五〇周年を記念して、このタイプ1が合法的に駐車している状態に修正しました。さらに、メンバーが写っていない新バージョンのカバー写真を制作したのです。スウェーデン支社はこの写真をウェブサイトで期間限定販売して、その収益をスウェーデンの児童支援団体に寄付しました。と、まぁこんなエピソードをコラムに書いていました」

事件とは関わりがなさそうなエピソードだった。

「ほかに《湘南カブトムシ倶楽部》での天童さんの活動などについて、なにか思いあたることはありませんか」

「いや、とくにほかには知らないですね」

水野ははっきりと言った。

さして期待せずに春菜は訊いた。

「クラブ以外で天童さんについてご存じのことはありませんか？」

「タイプ1に関するコミュニティの《Tフォーラム》という交流サイトのなかに《ビートル・ガレージ》というのがあります。僕はロム専なんですが、天童さんは実名で書き込みしてました。けっこう攻撃的な書き込みも多く、批判も絶えなかったんです」

眉間にしわを寄せて水野は言った。

「詳しく教えてください」

春菜は気負い込んで訊いた。

大きなヒントがつかめるかもしれない。

「ひとつはほかの人間の些細な誤りを徹底的に指摘するのです。たとえばエンジンの不調への対策とか、あるいは年式による微妙な違いとか……相手が反論すると完膚なきまでに叩きのめすという感じでした。敵は少なくなかったと思います。もうひとつは具体的なショップ名は挙げないのですが、なんとなく類推できる範囲で空冷ワーゲン専門ショップの批判を書くのです。やり玉に挙がったショップは不快だったと思いますよ」

水野は顔をしかめた。

「天童さんは攻撃的な性格だったのですね」

春菜の問いに水野は大きくうなずいた。

「そう言っても過言ではないと思います」

「とくに敵対していた人物などはいなかったでしょうか」

畳みかけるように春菜は訊いた。

「僕が見ていた限りでは、殺そうとまで恨んでいる人はいなかったと思います」

さらりとした調子で水野は答えた。

「そこまでいかなくとも、天童さんと対立していたような人物は思いあたりませんか」

しつこいかもしれないが、春菜は重ねて質問した。

「そうだなぁ」

水野は額に手を当てて考えた。

「ノルトホフというアカウント名の人物がよくケンカしてましたね。細かい仕様の勘違いなどについて罵り合ってたみたいです。すでに削除された投稿も多いですが、まだ一部の投稿は読めると思います」

「あとで確認してみます。ところで、ノルトホフとはどういう意味かわかりますか？」

その人物に迫ることは間違いなく必要だ。

「先ほど言ったように一九五〇年代のフォルクスワーゲンの社長、ハインリヒ・ノルトホフのことですね。ノルトホフ氏は一九五二年にタイプ1とタイプ2を二台ずつ持ち込んで来日し、販売促進のキャンペーンを行いました。このキャンペーンは大成功し、ヤナセがフォルクスワーゲンの正規輸入を始めることになったのです。つまり日本にワーゲンを本格的にもたらした人物ということになります」

迷いなく水野は答えた。

「ほかに天童さんと対立していた人物はいないのですよね」

「僕の記憶にはありませんね」

水野はきっぱりと言い切った。

「わかりました。次にお伺いしたいことなんですが……」

春菜は事件の概要をざっと話した。もちろん捜査情報に当たるような事実はすべて避けた。

「いまお話しした内容はほかの人には言わないでください……旧車乗りの水野さんからしてどこか不自然に感じる部分はありますか？」

「天童さんが横須賀で乗っていたクルマはポルシェ356Cと言いましたよね？」

「ええ、これも旧車だそうですよね」

「そうです。大変貴重なクルマで、一〇〇〇万円を超える価格で取引されることが多いです。さっきお話ししたイラストレーターの鈴木英人さんは356スピードスターというオープンタイプを長年愛車としています。たとえば、ワーゲン・タイプ1をベースにしたものなどいくつかの会社によるレプリカが作られているくらいの人気車です。そんなクルマをマンションの屋外駐車場に駐めるんだなぁ」

空に向かって顔を上げて水野は言った。

「旧車ファンとしては不自然な行動でしょうか」

春菜は水野の顔を覗き込むようにして訊いた。

「いや、不自然とまでは言いませんけど、天童さんはお金持ちなんだなと思いましたよ。実はね、この七里ヶ浜駐車場を待ち合わせ場所にしたのも、ここならおかしなヤツらにビートルをいたずらされるおそれが少ないからです。なにせ人目が多いですからね」

「傷でもつけられたら大変ですよね」

「そうなんですよ。僕のタイプ1は七年前に手に入れたものですが、購入価格は三〇〇万円を切っていました。まぁ、毎年平均して六〇万円くらいのお金をつぎ込んではいます。余暇はすべてビートルに使っているわけですからね。とにかく、ポルシェ356Cはビートルとは比較にならない高級車です。まぁ、本人はすぐに帰ってくるつもりだったんだとは思いますが……」

もしくはポルシェのことなど考えるゆとりがないほど追い詰められていたのかもしれない。

そう春菜は思った。

「天童さんは清川村には何台も駐められるガレージ付きの別荘を所有していたんです」

「じゃあ、ふだんはそこに駐めてたんですね。それはそうでしょう。僕だって自宅ではもちろん屋根付きのガレージにしまっています。天童さんよりは貧乏人なんで、一台のビートルがすごく大事ですからね」

水野は肩をすくめた。

春菜は自分のスマホを取り出して例のゴムの輪の写真を提示して見せた。

「ところで、これはビートルのものでしょうか」

水野はじっと画面を見つめて首を横に振った。

「違うと思いますね。僕はタイプ1の整備マニュアルは熟読していますが、こんな部品は見たことがありません。画像を送ってくだされば、《ケーファー湘南》の社長に見てもらいますけど」

水野の申し出はありがたかった。

「あ、じゃあお願いします」

春菜はその写真を転送しながら、次の問いを発した。

「もうひとつビートル関係で『カサ』という言葉についてなにか思いあたりませんか」

水野は首を傾げてスマホを取り出した。

「『カサ』ですか？　フォルクスワーゲンブランドの傘はありますね」

親切にも水野は検索してくれた。

画面には「晴雨兼用ＵＶゴルフ傘」の商品ページが映し出された。

幻冬舎文庫 7月の新刊

幻冬舎文庫は 毎月10日ごろ発売!

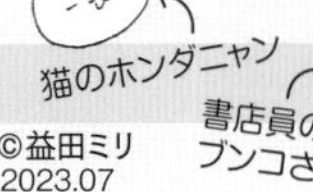

©益田ミリ
2023.07

神奈川県警「ヲタク」担当 細川春菜5
鎮魂のランナバウト

鳴神響一

737円

殺人事件の被害者が旧車の愛好家だったことから、その方面に詳しい登録捜査協力員との面談を重ねる細川春菜。やがて浮かび上がった驚くべき事実とは……？ 春菜が死亡推定時刻の謎に迫る第五弾!!

書き下ろし

リボルバー

原田マハ

737円

「ゴッホの死」。アート史上最大の謎に迫る傑作ミステリ！

パリのオークション会社に勤務する高遠冴の元にある日、錆びついた一丁のリボルバーが持ち込まれた。それはフィンセント・ファン・ゴッホの自殺に使われたものだという。傑作アートミステリ。

ＶＷのマークやVolkswagenの文字がプリントされている。

自動車メーカーがこうした自社ブランドの雑貨などを販売しているケースは少なくないだろう。

だが、春菜にはピンとこなかった。

春菜は康長に目顔で追加質問はないかを確認した。

康長はかすかに首を横に振った。

「ありがとうございます。貴重なお時間を頂戴して本当にありがとうございました。報酬は後日、ご指定頂いている口座にお振り込みいたします。わずかな金額で恐縮ですが……」

春菜の言葉に水野は口もとに笑みをたたえた。

「報酬など気にしていません。登録しているのはビートルについて理解して頂きたい、少しでもビートルの振興につながればという気持ちですので」

背筋を伸ばして水野は言った。

水野のような気持ちで登録してくれている協力員はじつにありがたい。

「また、なにかお伺いすることがあるかもしれません。今後ともよろしくお願いします」

春菜と康長は立ち上がって頭を下げた。

三人そろって店を出ると、店の外には入店の順番待ちの観光客たちが列を作っていた。

水野は足早にビートルに歩み寄った。

「では、僕は失礼します」

運転席の前で一礼すると、水野はさっと乗り込んでエンジンを掛けた。

特徴のあるバタバタとした音が響き始めた。

水野から詳しい話を聞いたためか、春菜にはますます頼もしい音に感じられた。

ビートルはゆっくりと動き始めて国道134号線へと乗り入れた。

江の島方向に遠ざかる後ろ姿に春菜はしばし見とれた。

銀色のバンパーが光る姿が鮮やかにこころに残った。

「気になることだらけだな。まずはノルトホフだ」

水野のクルマが去ると、難しい顔で康長は言った。

「わたし本部に戻ったら調べてみます」

話を聞いたときからそのつもりでいた。

「頼むぞ。《ケーファー湘南》にも例のゴムの話を聞かなきゃな」

「電話してみます」

「うん……そっちも頼む。それからあらためて不自然に思ったことがある」

春菜の顔を見ながら、康長は言葉を継いだ。

「天童さんはポルシェ356Cという高価なクルマを、なんでマンションの駐車場なんかに放置したんだろう」

「そうですよね。水野さんだって、ビートルは屋根付きのガレージにしまっているって言ってましたもんね」

「よほど急いでいたのかな」

「だとしたら、なんででしょうか」

「いまのところ理由がわかるような材料がないな」

康長は首を傾げた。

「わたし、ちょっと違うことも気になったんですよ。自信はないんですけど」

春菜は遠慮しながら言った。

「いいから言ってみろよ」

にこやかに康長は促した。

「天童さんのバイクのことです」

「ああそうだな」

「貴重なバイクですから、いくら日常の足に使っていたとしても、ふだんから外に出しっぱなしにはしてないと思うんですよ」

「そうかもしれないな」

「あのバイクは草むらに隠すように駐められていましたよね。まず犯人が動かしたとは思うんです。でも、なんのためにそんなことをしたんでしょう」

「皆目見当がつかないな」

「捜査本部が考えている遺体投棄日の天童さんの行動をおさらいしたいんですけど」

春菜はかるく頭を下げた。

「うん、舟倉の防犯カメラに映っている映像から天童さんは死体発見前夜の二八日午後八時半頃自宅マンションの近くにいた。それからの経過時間はわからないが、自宅に戻ってポルシェを自宅の屋外駐車場に駐め、バイクに乗り換えて震生湖に向かった。横須賀から震生湖まで最低でも一時間は掛かることと解剖所見を考え合わせると、天童さんがすぐにバイクで自宅を出たとすれば殺されたのは午後九時半頃、いちばん遅く午前零時半頃に出たとすれば事件は午前二時頃ということになる」

康長の説明に従って、春菜は頭のなかにルート図を思い浮かべた。

「捜査本部が考えている天童さんの行動に、なにか違和感を覚えるんです」

春菜の違和感は消えなかった。

「ほかにどんな行動が考えられるんだ？」

不思議そうに康長は訊いた。

「いまはわからないんです。でも、ポルシェを屋外駐車場に駐めたことと、犯人がバイクを動かしたこと、このふたつの不自然さを解決できる天童さんの行動があるような気がするんですよ」

「だから、どんな動きをしたんだよ」

「すみません、いまはわかりません。ただ、天童さんはポルシェもバイクもふだんは清川村の別荘のガレージに駐めていたと思うんです」

「たしかにそうだろうな……ま、これから考えていこう」

明るい声で康長は言った。

七里ガ浜高校の校舎からブラスバンドの練習する音が聞こえてきた。

ビートルの走り去った方向から江ノ電が近づいてきた。

やっぱりアニメ的な七里ヶ浜の風景だった。

2

県警本部に戻った春菜は、水野から聞いた話の裏づけを取ることに時間を費やした。

まず、交流サイト《Tフォーラム》のなかの《ビートル・ガレージ》を探した。

ログインするためのアカウントは「アメデオ」の名で作った。メアドは自分の私用のものを使った。

すぐに《ビートル・ガレージ》は見つかった。登録者は一七三人で、ぱっと見るとタイプ1中心のコミュニティのようだった。修理情報やレストア情報を交換しているユーザーが多い。


ところが、ノルトホフというアカウントが存在しない。

水野はウソをついていたのだろうか。

しかし、しばらくすると春菜は水野の言葉が正しいことに気づいた。

天童頼人が実名アカウントでノルトホフを攻撃している投稿が見つかったのだ。


——タイプ1の始動時の微妙なアクセルワークやチョークワークは僕にとっては楽しみですよ。でもね、僕はね、キャブレター車なんか聞いたこともない若い人にもタイプ1に乗ってもらいたいんですよ。だからインジェクションをやみくもに否定する人はわかってない。たしかに本国生産のビートルの価値は揺るがない。でもね、メキシコビートルは二一世紀まで生産されていたんだ。若い人にも親しみやすいわけだよ。本当にビートル文化を愛するなら、どんどん推奨していったほうがいい。まぁタイプ1のインジェクション車のデメリットをうるさく言うのは、ビートルの門戸を狭くしているうえに、ショップに金を払いたくない貧乏人ですよ。ノルトホフさんみたいなね。僕はかねがね言ってるんだが、タイプ1に乗りたきゃショップにすべてまかせろってね。素人（しろうと）がどんなに頑張ったってロクなことないからねぇ。どうかな？　ノルトホフさん？

リプライはなかった。

察するところ、ノルトホフなる人物はこの投稿などにも反論していたのだろう。だが、なんらかの理由で自分のアカウントを抹消してしまったのではないだろうか。アカウントを消せば、リプライも消える。

ほかにも天童がこんな調子で誰かを攻撃している投稿がいくつか見つかった。すべてリプライがないので、相手がノルトホフかどうかはわからないのだが。

手がかりには違いない。ただ、投稿における天童の主張はさっぱりわからない。

仕方がないので赤松に訊いてみることにした。

赤松に水野に訊いたノルトホフの話をして投稿画面をプリントして渡した。

「ほう、被疑者かもしれない人物を攻撃している投稿か」

それまで不機嫌そうな表情で書類を読んでいた赤松だったが、別人のように明るい声で言ってプリントに目を通した。

「正直言って、投稿の意味がぜんぜんわからないんです。班長にお教え頂ければありがたいのですが……」

春菜は肩をすぼめた。

「キャブレターって知ってる?」

赤松は上機嫌の声で訊いた。

「いいえ、わかりません」

実はそこから理解できなかった。

「日本語でいうと気化器のことだ。エンジンはシリンダーへ吸い込んだ燃料と空気の混合気を燃焼させて生まれた動力を利用する仕組みだ。自然に吸い込んだ空気を燃料と混ぜる装置がキャブレターだよ。インジェクターは、吸い込んだ空気の量の測定をセンサーで行う。そのうえでコンピュータが最適な燃料の量を計算してその通りに燃料を供給する装置だ。一九六〇年代から十数年はコンピュータで制御しない機械式燃料噴射装置もポルシェやベンツなどで存在した。ところで、日本のクルマはかなりむかしからすべてインジェクション方式だ。キャブレターは気難しくて調整が悪いとエンジンが不調になりやすいんだ。始動時にも天候に合わせてチョークという混合気の比率を変える装置やアクセルを微妙に動かすことが必要になる。でも、整備性はよくて素人でも慣れればいじることができる。もちろん旧チンクもこのキャブレター方式だ」

立て板に水の調子で赤松は説明した。

春菜はもともと機械の話は苦手だ。高校時代も物理の成績がとくに悪く、リケジョの友人がうらやましいと思い続けていた。

「これに対してインジェクターは始動時は安定しているし、メンテナンスフリーだが、ひとたび不調になると素人にはお手上げなんだ。ショップに頼るしかない。コンピュータの不調がほとんどだから、手に負えない。ヨーロッパ車はフィアットやワーゲン、ベンツなんかでもよく聞く。わたしの友人の話なんだが、あるドイツ車で、交差点のまん中で三回くらいエンジンが停まっちゃったんだ。だからディーラーに持ち込んだら、インジェクターを制御するコンピュータの故障という話だった。けっきょく、基盤交換で数十万円取られたんだそうだ。キャブレター車はよくグズるけど、そんな風にいきなり停まったりはしない。なんのための先端技術なのかねぇ」

赤松は皮肉っぽい口調で言った。

「え？　現代の話ですか」

春菜が驚いて訊くと、赤松は得意そうに口もとを歪めてうなずいた。

旧チンクではそういうことはないと言いたいのだろう。

「うちの三代目チンクでもそういうことはなかったし、ヨーロッパ車全体で最近はかなり改善されているそうだが……。さて、ドイツ本国生産のタイプ1はすべてキャブレターだったが、メキシコ製はインジェクション車が多い。天童さんは若いタイプ1ファンを増やすためには、インジェクション方式のメキシカンビートルも認めるべきだと主張しているんだな。そこまでなら正当な主張なんだが、あとがよくない。インジェクション式のビートルに否定的な人間はショップに支払う金をケチって自分で整備しようとする貧乏人だとディスってるわけだ。そこで具体的にノルトホフの名前を出しているのはマズいな」

赤松は顔をしかめた。

「要するに天童さんはノルトホフを、ビートル振興には関心がなく自分のことしか考えない貧乏人だと非難しているわけですね」

かなり難しかったが、春菜にも投稿の意味がなんとか理解できた。

「まぁそういう文脈だな」

「すでにノルトホフというアカウントはないのですが、こんな投稿とそれに対する反論が繰り返されたのかもしれませんね」

「たぶんそうだ。ノルトホフのことをもっと詳しく調べるべきだね」

赤松は上司の顔に戻って言った。

「わかりました。浅野さんにも報告して進めていきます」

春菜の言葉に赤松は大きくうなずいた。

続けて、春菜は逗子市内の空冷ワーゲンショップ《ケーファー湘南》に電話することにした。

電話に出たのは益田(ますだ)という男性だった。四、五〇代くらいの声だが、ショップの経営者だという。

「あ、警察の方ですね。水野さんから聞いています。あのゴムの輪は、少なくとも空冷ワーゲンのものではないですよ」

明るい口調で益田は断言した。

「違いますか」

春菜は少しがっかりした。

「はい、長年空冷ワーゲンとつきあってますからね。かなりレアな部品でもわかります。見たところ新品のようですが……」

「クルマの部品なんですね」

「そうだと思いますが、なんの部品かはわかりません。面目ないです」

恐縮したような益田の声が耳もとで響いた。

「とんでもないです。……見てくださってありがとうございます。ところで天童頼人さんのことでちょっと伺いたいのですが」

春菜は次の話題に移ろうとした。

「天童さん、とんでもないことになってしまって……言葉がありません」

暗い声で益田は答えた。

「ご存じでしたか」

「報道されてましたからね。おつきあいが急になくなると思うと淋しいです」

「お客さまだったのですよね」

「八年ほど前に天童さんにワーゲン・タイプ2を販売してから、ずっとうちで面倒を見てましたので」

益田は天童の人となりや死ぬ前の状況を知っているかもしれない。

「わたし、天童さんのガレージで拝見しました。あのタイプ2はとてもきれいな状態ですね」

「ああ、そうでしたか。あれは六〇年式ですが、とても状態のいいものでした。もともとホットドッグなどの移動販売車に使っていた個体ですが、完全にオリジナルに戻してフルレストアしてあります。全塗装し吸気系や点火系の部品も相当たくさん取り替えて絶好調ですよ」

　誇らしげに益田は言った。

「唐突ですが、天童さんの支払いが滞るようなことはありましたか」

　春菜の問いに、益田は即答した。

「いえ、支払いに関してはまったく問題ありませんでしたよ。天童さんはワーゲンばかりじゃなくてたくさんのノスタルジックカーを所有してました。毎月、大変な出費だったんじゃないんでしょうか。それなのに、金離れはよかったですね」

「自動車評論家ってそんなに儲かる仕事なんですか」

　素朴な疑問だった。

「いやいや、そんなことはないでしょう。横須賀の土地持ちの息子だって聞いてます。アパートなんか持ってて不動産収入もたくさんあったんじゃないんですか。自動車評論家やモータージャーナリストだけじゃあんなにたくさんの旧車を維持できるはずないですからね。僕だって自分のワーゲンは二台しか持ってませんよ」

　益田の乾いた笑い声がした。

「天童さんは《ケーファー湘南》さんが主宰なさっている《湘南カブトムシ倶楽部》のメンバーだったんですよね」

「実際にはイベントなどに参加されたことは一度もありません」

「では、メンバーの方とは面識はないんですね」

「ないはずですよ。直接の面識があるのはわたしとうちのスタッフだけです」

「天童さんはお店にはよく顔を出していたんですか」

「いえ、ほとんど見えません」

「では、どのようにしてタイプ2の修理などをしていたのですか」

「故障や不調の際などに電話で連絡してくるんです。それでうちがタイプ2を清川村の別荘まで引き取りに行って修理が終わると納車するというスタイルです。請求書は納車時にお持ちしますが、支払いは振込でした。たいていは僕自身が行くのですが、年に一、二回別荘でお目に掛かるくらいでしたよ」

「なるほど……。ところで天童さんは《ケーファー湘南》さんが発行している『タイプ1通信』に記事を書いていたんですよね」

「はい、お願いしていました。なにせ有名な自動車評論家さんですからね。うちのようなちいさな店の刊行物に記事を書いてくださるなんて大変に光栄でした」

益田は水野と違って、天童に対して悪い印象は持っていないようだ。

「天童さんは、ネット上では旧車ショップさんに対する批判的な投稿をしていたようですが、ご存じですか」

「知っています。ただ、具体的なショップ名は書かなかったみたいですけど……」

「ネットで対立していた人もいたようですね」

「そうですね……まぁ」

益田は言葉を濁した。

「《Tフォーラム》のなかの《ビートル・ガレージ》というコミュニティがあるんですが、ご存じですか」

「ええ、空冷ワーゲンファンには有名なコミュニティですからね」

「ノルトホフっていうアカウント名に心当たりはありませんか」

しばし益田は沈黙した。

知っているに違いない。

「ご存じないですか」

春菜はやや語気をつよめて問いを重ねた。

「知っています……本人が教えてくれました」

低い声で益田は答えた。

「天童さんとはネット上で何度かぶつかっていたようですね」

なにげない口調で春菜は言った。

「はい、僕もリアルタイムに見ていて、こころを痛めていました」

「もしかすると、お知り合いですか？」

期待を込めて春菜は尋ねた。

「ええ、うちのお客さんなんですよ。六四年式のタイプ1に乗っている人です」

益田はあきらめたような声で答えた。

春菜は内心で「やった！」と叫んでいた。

「お名前やお住まいを教えて頂けるとありがたいんですけど」

あえて遠慮がちに春菜は訊いた。

「僕から聞いたって誰にも言わないでくださいよ」

益田は用心深く言った。

「はい、その点ではご迷惑はおかけしません」

春菜はきっぱりと言い切った。

「安富泰一（やすとみたいいち）さんという会社員の方です」

「どんな字を書きますか？」

「安全の安に富山の富っていう字、安泰の泰の字に漢数字の一です」

春菜はメモをとった。

「住所はわかりますか？」

「顧客名簿があるんで、あとで写真撮ってお送りしますよ。メアドを教えてください」

そのほうが助かる。春菜は専門捜査支援班のメアドを伝えた。

「安富さんはどんなお客さんでしょうか。漠然とした印象でいいので教えてください」

春菜は慎重に言葉を選んで訊いた。

「三〇代だと思います。まじめないいお客さんですよ。タイプ1をこころの底から愛している方ですね。メカニズムにも詳しくて話していて楽しいです。ただ、ちょっとまじめすぎるというか、頑固なところがあるタイプかもしれませんね」

「どのあたりに住んでるかわかりますか？」

「根岸線の本郷台駅に近いって言ってましたね。実家だから、ちゃんとした車庫も確保できるそうです」

「お勤め先は覚えていますか」

「西区の会社で営業関係の仕事をやっていると思います。詳しくはちょっと……」

旧車ショップと顧客の関係だ。あまり詳しいことは知らなくて当然だ。

「最近、そちらへ見えましたか？」

「さぁ、車検は半年くらい前に済ませたはずなんですが、その後はちょっと記憶にないですね。簡単な修理は自分でやっちゃう人なんで」

あいまいな言葉で益田は答えた。

「ありがとうございます。いろいろと参考になりました」

春菜は丁重に礼を述べた。

「いえ、お役に立てたかわかりませんけど……ところで天童さんのバイクは無事ですか？」

「ええ、警察のほうで回収しました」

秦野署に置いてあるはずだ。

「それはよかった。貴重なバイクなんで……」

赤松も貴重だと言っていた。

予想以上のことが訊き出せた。すぐに安富のことを調べていかなければならない。

「天童さんの事件を解決してください。いろいろお世話になった方です。空冷ワーゲンの仲間の死はとても悲しいです」

声をあらためて益田は言った。

「一日も早く解決できるよう最大限の努力を致します」

いささか儀礼的な言葉で春菜は電話を切ると、自宅から持って来ている水筒のお茶を飲んだ。

そうしているうちにメールの着信音が鳴った。

益田が送ってくれた顧客名簿の写真だ。

住所は横浜市栄区小菅ケ谷三丁目で携帯の番号も記してあった。勤務先は株式会社Aボーンズとある。会社の住所や電話番号はない。西区とのことだから、調べはつくだろう。

春菜は逸(はや)るこころを抑えて康長に電話することにした。康長は捜査本部に戻ると言っていた。

まわりを見廻すと、いつの間にか赤松をはじめ班のメンバーの姿は消えていた。この班は定刻で帰ることがふつうだ。

「細川か、今日はお疲れさん」

すぐに康長は電話に出た。

「浅野さんこそお疲れさまです。重要情報が入りました。いま大丈夫ですか？」

声を弾ませて春菜は訊いた。

「いい知らせのようだな。俺は秦野署内にいるから大丈夫だ」

「まず、水野さんが言っていたノルトホフなんですけど、天童さんがノルトホフの名前を書いていて、その投稿をメールで送ります」

春菜はコミュニティ《ビートル・ガレージ》に記載されていた該当部分をメールした。

「なるほど、天童ってのはイヤなヤツだな。ノルトホフと対立するのも無理はない。だけど、リプがないんだな？」

「確証はないんですが、ノルトホフがアカウントごと削除したと思われます」

「それ以外にないだろう。アカウントを消しているところは怪しいとしか言いようがないな」

「そのあと《ケーファー湘南》に電話したんです。水野さんの話の裏を取ろうと思って。経営者の益田さんが応対してくれたんですけど、なんと益田さん、ノルトホフを知っていました。お店のお客さんでタイプ1のオーナーなんです」

「そうか、やったな！」

康長は明るい声で叫んだ。

「安富泰一さんという三〇代の会社員だそうです。住所と携帯番号、会社名もゲットしました」

明るい声で春菜は言った。

「実はな、係長に話して、《Tフォーラム》の運営者やプロバイダーに発信者情報の開示をさせるための令状請求をする方向で動いてたんだ。その必要がなくなったよ。よくやってくれた」

嬉しそうに康長は言った。

「運がよかっただけですけど」

春菜は照れくさくなって答えた。別に自分の手柄ではない。

「とにかく、その安富って男にアプローチしなきゃならんな」

力強い声で康長は言った。

「自宅を訪ねますか？　実家住まいだそうですけど」

「親と一緒だと口が堅くなる男は多い。会社を訪ねて外へ呼び出すのがいいように思う」

「いきなり会社なんて訪ねたら、安富さんが周囲に怪しまれて気の毒なんじゃないんですか。反発されるかもしれません。いまの段階では安富さんを被疑者扱いできないですよね」

春菜は心配になって訊いた。

「そこのところはまかせとけ」

康長は頼もしい声で言った。

刑事だからそのあたりのノウハウは持っているのだろう。

「では、安富さんに関するデータを送ります。ショップさんの顧客名簿です」

　ふたたび春菜はスマホを操作した。

「株式会社Aボーンズだな。一〇分後に電話する」

　康長は電話を切った。

　一〇分経たないうちに春菜のスマホが鳴った。

「会社の場所がわかった。西区みなとみらい四丁目だ。アパレル関係の専門商社らしい。明日、九時四五分に地下鉄ブルーラインの高島町駅改札で待ってる」

「了解です」

　元気よく春菜は答えた。

「早く帰れ。もう赤松は帰ったんだろ？」

　康長のやさしさに春菜はじんときた。

「うちの班には誰もいません」

「意味なく残るな……捜査本部は仕方ないけどな」

　自嘲気味に康長は言った。

　どうせ今夜も康長は秦野署の武道場に敷かれた薄っぺらいレンタル布団で寝る羽目になるのだ。

「お疲れさまです。ゆっくり休んでください」

春菜が言うと、康長はふっと笑って電話を切った。

3

翌日の午前一〇時、春菜と康長は株式会社Aボーンズの受付にいた。

みなとみらいのきれいなオフィスビルの四階のフロアを占めている会社だった。

ロビーはひろびろとしていて、明るいインテリアセンスも悪くなかった。

春菜と康長は警察手帳を提示しながら名乗った。

「神奈川県警捜査指揮・支援センター専門捜査支援班の細川と申します。御社にお勤めの安富泰一さんにお目に掛かりたいのですが……」

春菜は笑みを浮かべて思い切り愛想のよい声を出した。

「どのようなご用件でしょうか」

受付の女性は首を傾げて訊いた。

安富がこの会社に勤めていることは間違いなさそうだ。

「実は県警の業務の関係で、安富さんがお持ちの専門的知識についていくつか伺いたいことがあるのです」

すべて康長が書いたシナリオだった。

「かしこまりました。そちらでお待ちください」

女性はロビーに置いてあるグレーのレザーソファを指し示した。

「わかりました。お手数をお掛けします」

受付の女性は一礼すると、受話器を手に取った。

春菜と康長は指示されたソファに並んで座った。

とても座り心地がよいソファで春菜たちは一〇分ほど待った。

薄いグレーのサマースーツを着た三〇代なかばくらいの小柄な男がゆっくりと近づいてきた。

春菜と康長は立ち上がって頭を下げた。

「お待たせしました。安富です」

あごが少し尖った逆三角形の顔に意志の強そうな引き締まった唇が特徴的だ。

両の瞳が不審げに光っている。

「刑事部の細川と申します」

「同じく浅野です」

ふたりは立て続けに名乗った。

「刑事部……ですか……」

安富の唇がかすかに震えた。

「はい、捜査指揮・支援センター専門捜査支援班の者です。安富さんがお持ちの専門的な知識に関してお伺いしたいことがありまして」

春菜はとりわけ愛想のよい声を出した。

自分の班はなにをしている部署なのかわかりにくいが、こういう場合には都合がよい。

康長の捜査一課強行七係という所属名は誰が訊いても「引く」はずだ。

「人違いじゃないですか。僕はなんの専門的知識も持っていませんが」

安富は硬い表情で言った。

「いえ……安富さんはフォルクスワーゲンについての専門的知識をお持ちだと聞いています」

にこやかに春菜は言った。

「ワーゲンですか……」

安富の顔色が青ざめた。

「ええ、ネットではそんな知識を発信していらっしゃるとか」

春菜はさらに愛想のいい声で言った。

「どこでお話を伺えばいいですかね。喫茶店などに行きましょうか」

康長が低い声で訊いた。

「部屋を用意してもらいます」

緊張した顔で安富は少し離れたところまで歩いて壁際のインターホンをとった。

春菜たちが通されたのは一二畳ほどのガランとした会議室だった。

白い樹脂天板の折りたたみテーブルが四角に置いてあって、茶色い折りたたみ椅子が並べられていた。壁際のインターホンとプロジェクター用のロールスクリーンのほかにはこれといった備品は見られない。

大きくとられた窓には一面に銀色のベネチアンブラインドが下ろされていた。

「どうぞお掛けください」

安富は窓側の椅子を右の掌(てのひら)で指し示した。

春菜たちは指示されたあたりの椅子に並んで座った。

「お茶を持って来てくれる人を頼めないんで勘弁してください」

春菜たちと直角になる位置の椅子に腰掛けて、安富は言った。

「どうぞお気になさらずに」

康長はにこりともせずに答えた。

三人の座った位置は廊下から遠く、声が外に漏れる心配はなさそうだ。

「わたしたちは先日、秦野市の震生湖で遺体が発見された事件について捜査しています。被害者は自動車評論家の天童頼人さんです」

春菜はゆっくりと告げた。

「ご存じですよね」

低い声で康長は訊いた。尋問は康長を中心に行うと決めてある。

「ええ……知っています」

言葉少なに安富は答えた。

「あなたはなんで《ビートル・ガレージ》のアカウントを消したのですか」

康長は安富の目を見つめて訊いた。

これは春菜の推測に過ぎない。ちょっと乱暴な誘導に春菜は不安を感じた。

「それは……」

言葉が途切れた。

「天童さんと対立していた記録を消したかったんですね」

康長は容赦ない調子で訊いた。

「悪いことを書いたとは思っていません」

安富は憤然とした声で言った。

「では、なぜ消したのです」

「疑われると思ったからです」

「天童さん殺しの犯人だと疑われるということですか」

康長は追及の手をゆるめない。

「僕はそんなことしてませんっ」

激しい声が部屋に響いた。

「落ち着いてください」

おだやかな声で康長がいさめた。

「すみません」

安富はしょげたような声で言って肩をすぼめた。

「なぜ、あなたは天童さんと対立していたのですか」

やわらかい声音を保ちつつ康長は訊いた。

「彼は自動車評論家として許せないことをしていたからです。だから、僕は彼の過ちを正そうとしました。それだけのことです」

安富の声にはつよい怒りが感じられた。

「許せないというのは、たとえばどんなことですか」

「天童さんは旧車業界では一、二を争う有名人と言っていいと思います。いくつもの旧車雑誌には毎月のように試乗レポートも載っていました。彼の発言には多くの旧車ファンが影響を受けます。たとえば彼があるショップを信頼できると推薦すれば、ファンは遠方からでもそのショップを訪ねます。でも、そのショップが技術力などで劣っていたらどうでしょう。ファンは大きな損失を被ります。新車と違い、ショップの腕の巧拙はユーザーにはわかりにくいのです。しかも旧車のコンディションは実にさまざまです。修理がきかなくて廃車にするようなことになっても、ショップのせいかコンディションのせいなのか、素人にはわかりません。そうしてたいした技術を持っていないショップにファンが集まり、優良なショップが衰えてしまったらどうでしょう。多くのファンが『やっぱり旧車なんて乗るのは無理なんだ』と思ってしまいます。旧車に乗る人は減り、ひいては旧車文化自体が滅びてしまうのです。いやしくも旧車を売りにしている自動車評論家が自分の利得のためにそんなことをしていたんです。許せるはずがないでしょう」

安富の声は大きく震えた。

「自分の利得のためとはどういうことですか」

「彼はショップからかなり高額のマージンを取っていたのです」

「つまり『よく書いてやるから金を出せ』ということですね」

康長の言葉に安富は大きくうなずいた。

「ほかにもそういうモータージャーナリストはいるかもしれません。でも、彼は逆のこともやっていた。つまり『金を出さないなら悪く書くぞ』って脅していたんです。ただ、実際に書いても表向きははっきりとショップの名前は出さない。そんなことをすれば業務妨害になりかねませんからね」

顔をしかめて安富は言った。

「芳しからぬ話ですね」

事実がはっきりしないので、康長はあいまいに答えた。

行為の態様によっては脅迫罪や恐喝罪も成立するかもしれない。

春菜はあきれた。

「いくつかのショップさんはガマンができずに、そんな愚痴をお客さんにこぼしていたのです。旧車ファンの一部の人たちは知っています」

「天童さんは罪に問われないように巧妙なかたちで、一種のゆすりたかりを行っていた可能性があるのですね」

「まぁ、はっきり言えばそういうことになります。でも、人づてに聞いた話ですので、僕も直接的に天童さんの行為を批判することはできませんでした。下手をすると、こっちが名誉毀損で訴えられますからね。それで僕は天童さん批判をメカに対する話にすり替えていたのです。『この人の言っていることは信用できないぞ』と旧車ファンに伝えたかったのです。少なくとも空冷ワーゲンに関する限り、あのコミュニティは影響力を持ちますからね」

安富ははっきりとした声で言ったが、春菜にはちょっと理解しにくい部分があった。

メカの話にすり替えるとはどういう意味だろう。

「インジェクションについての投稿がそうですか？」

「ああ、あれもそうです。インジェクション車は故障すると、噴射装置をアッセンブリーで交換せざるを得なくなることが多いのです。ところが、この装置はもともと本国ドイツでは生産されていませんから、メキシコ製の部品などに頼ることになります。パーツの供給ルートをしっかり確保しているお店でないと、後々維持できなくなる可能性があります。ですが、天童さんはそんな頼りないショップでも平気で推薦していた。でも、ショップが頼りないとは書けません。だから、僕はショップではなく、インジェクションビートルに安易に手を出すべきではないと書いていました。すると、天童さんはそんな僕に対して総攻撃を仕掛けてくるのです。こんなやりとりがいつも繰り返されていました。まぁ、僕がアカウントを消しちゃったので、みんなはもう読めないでしょうけどね」

安富は悔しげに口もとを歪めた。

たしかに天童は安富を貧乏人と罵っていた。

「なるほどよくわかりました」

康長は静かにうなずいた。

「でもね、刑事さん。いくら自動車評論家としての天童さんの態度に腹を立てていたとしても、そんなことで僕が彼を手に掛けると思いますか」

返事をせずに康長は安富の目をじっと見つめた。

安富は不安そうに目を伏せた。

「リアルでの天童さんとのつきあいはあったんですか」

おだやかな声で康長は訊いた。

「ありました。知り合ったのは、七年くらい前になるでしょうか。僕がタイプ1に乗るようになったのも彼の記事の影響です。たまたま横浜市内の空冷ワーゲンショップで会ったのがきっかけです。だから、その頃は親しくしていたのです。むかしはあんな人ではなかったんです。いつも真摯(しんし)な人でした。そう、まじめに旧車ファンのほうを向いているモータージャーナリストだったんです。何回か飲んだこともあるし、ショップのミーティングなんかにも顔を出していました。でも、ここ二年くらいは人柄が変わってしまいました。自動車雑誌などへの寄稿もぐんと減りました。あれだけ書いていた試乗レポートなんてまったくやっていません。旧車のメカニズムの解説記事や、旧車にまつわるウンチク記事くらいなんですよ。人前にもほとんど姿を現していません」

いくぶん早口で安富は一気に喋った。

「どうして変わったんでしょうかね」

康長は安富の顔を覗き込むようにして訊いた。

「さぁ、彼がおかしくなってからは直接会ったりすることもやめてしまいました。最近の天童さんのことはなにも知りません……あっ、そうだ……」

安富はちいさく叫んだ。

「どうしました？」

じっと康長は安富の顔を見た。

「最後に会ったときのことを思い出したんです。二年前の秋ですけど、みなとみらいで関東規模の空冷ワーゲンのフェスティバルがあったんです。天童さんはもちろん呼ばれていてスピーチなんかもしていました。屋外のイベントだったんですけど、テントが出ていてビールなんかも飲めました。で、僕とビートル仲間は天童さんを囲んで少しだけ飲んだんです。会計のときになんのはずみか天童さんが転んで財布の中身をぶちまけちゃったんです。僕もカードとか拾うの手伝ったんですけど、拾ったもののなかに病院の診察券が交じってました。もしかすると体調がよくなかったのかもしれません」

考え深げに安富は言った。

「その病院の名前はわかりますか」

急き込むように康長は訊いた。

「鎌倉の病院です……うーんと」

天井を見て安富はしばし考えていた。

「そうだ、鎌倉あさがおクリニックだ。そんな名前でした」

思い出したのが嬉しかったのか、安富は初めて口もとにかすかな笑みを浮かべた。

「鎌倉あさがおクリニックですね。ありがとうございます。ちょっと調べてみます……ほかに天童さんについてなにかお話はないですかね。たとえば、彼を恨んでいた人に心当たりなんかないですか」

ゆったりとした調子で康長はきわどいことを訊いた。

「殺したいほど恨んでいたような人はいないと思います」

安富は康長を見てしっかりと答えた。

「恨んでいた人でなくとも、天童さんについて芳しくない話などを知らないですか」

先ほどよりはやわらかい質問を康長は選んだ。

安富はしばらく天井に視線を移して考えていた。

「そう言えば、これは噂に過ぎないんですが……」

あいまいな表情で安富は言った。

「単なる噂でもかまいません」

康長は食い下がった。

「天童さんが関わった仕事でなんか事故があって、人が亡くなったとかいう話を聞いたことがありますね」

安富は思い出しつつ話している感じだった。

「もう少し詳しいお話を伺えませんか」

「ごめんなさい。それ以上は覚えてませんし、事実かどうかもわかりません。天童さんと会わなくなってから聞いた話なので」

自信なさそうに安富は答えた。

「誰から聞いた噂ですか？」

「それが……よく覚えていないんです。《湘南カブトムシ倶楽部》の飲み会だったような気がするんですが、その話を聞いたとき僕も酔っていたんで……」

言い訳するように安富は言った。

「なるほどわかりました」

康長はそれ以上の追及をやめた。

「ところで、七月二八日火曜の夕方から翌七月二九日水曜の朝のあなたの行動を教えてください」

康長は平板な声で訊いたが安富の顔色は変わった。

「ち、ちょっと待ってください」

安富はポケットからスマホを取り出してあわててタップした。

「火曜日は風邪を引いて一日、自宅で寝ていました……」

絶望的な顔で安富は答えた。

「その事実を証明できる人はいますか」

さらりと康長は訊いた。

「いえ……僕は両親と暮らしていますが、たまたまその前の週の土曜日から九州の霧島のほうに遊びに行っていましたので……」

運の悪いことだ。会社に出ていればアリバイも成立しただろう。

「誰もいないのですね」

康長は念を押した。

「はい、でも僕は犯人じゃありません。天童さんのことは嫌いでしたけど、殺すだなんて……そんなはずないじゃないですか」

舌をもつれさせて安富は言った。

「念のために伺っただけです。ほかになにかお話しになりたいことはありますか」

「僕はそんな恐ろしいことはできません。信じてください。刑事さん」

康長の問いには答えず、安富は必死の声を出した。

「お仕事中に申し訳ありませんでした」

康長はかるく頭を下げた。

「信じてください。僕はそんなことしてません」

すがりつくような目で安富は康長を見た。

「心当たりがないのでしたら心配しないでください。わたしたちは真実を追求します。また、伺うかもしれません。どうぞよろしく」

康長が立ち上がったので、春菜もこれに倣った。

ふたりの後を、安富は足を引きずるようにして従いて来た。

受付に丁重に礼を言って、春菜たちは外へ出た。

エントランスで立ち尽くしている安富の姿が、春菜のこころに残った。

まだ昼には少し早いが、康長が朝食をとっていないというのでつきあうことにした。

会社のまわりは新しいオフィスビルばかりでロクな飲食店がなかった。この地区は再開発地域だ。仕方がないので、スマホで調べて古い市街地が残っている戸部側に移動した。カレーとハンバーグの古い洋食店にふたりは入ることにした。

レンガ壁の店内はカウンターといくつかのテーブル席を持つ昭和レトロな雰囲気だった。

時間が早いためか、店内はかなり空いていた。

康長はスタミナカレーというメニューを選んだ。春菜はふつうのカレーが精いっぱいだった。

あっという間に出てきたスタミナカレーは、豚バラの薄切りがどっさり載っていてすごいボリュームだった。

見るだけで食欲がなくなりそうだが、驚くほど安い。

春菜はスプーンですくったカレーソースを口もとに持っていった。なつかしい昔ながらのカレーだが、思ったよりずっとこくがあってスパイシーだ。意外とハマりそうな味だった。

食後にふたりで少し話をしたかった。幸いにも店内はまだ混んできていない。

コーヒーは置いていないので、仕方なくふたりでコーラを頼んだ。

「安富のこと、どう思う？」

コーラを自分のコップに注ぎながら康長は訊いた。

「ウソをついているようには見えませんでした」

春菜は素直な印象を述べた。

「俺も同じ感触だ。だが、監視対象にはすべきだろうな。希薄だが、動機はある。アリバイも存在しない。手配するよ」

監視対象となれば、逃亡などを防止するために安富の周囲には捜査員が張り付く。

「仕方がないかもしれませんね。それにしても天童さんと対立していた人物は少なくないかもしれませんね。動機を持つ人はたくさんいるかもしれません。脅迫まがいのことをしていたようですから」

安富から聞いた話は、春菜の気分を暗いものにしていた。

「俺もそれで頭を抱えている。被疑者の対象範囲が全国の旧車ショップにひろがりそうだ。捜査本部に持ち帰ったら、管理官がぶっ倒れそうだ」

康長はのどの奥で笑ってから言葉を継いだ。

「それともうひとつ、天童がなにかの病気にかかっていたのなら、それを調べる必要がある」

厳しい顔で康長は言った。

「そうですね……」

春菜は答えながら、スマホで病院名を検索していた。

「鎌倉あさがおクリニック……そんな病院、存在しませんよ」

検索してもそんな病院はヒットしない。

「本当か……」

康長がけげんな顔で訊いた。

続けて鎌倉＋クリニックというワードで検索を掛けてみた。

「もしかすると、鎌倉あじさいクリニックかも。北鎌倉駅の近くにあります。内科と脳神経内科の病院らしいです」

「たぶん、そこだな。北鎌倉と言えば明月院のあじさいが有名だ」

「たしかに」

「さっそく天童についての情報を照会してみなきゃな」

康長は眉間にしわを寄せた。

刑事訴訟法第一九七条第二項によって、警察は病院等に患者の個人情報を照会できることになっている。厚生労働省のガイドラインも本人の同意は不要としている。だが、むろん任意捜査なので、医療機関が拒否した場合には裁判官の発給する令状が必要となる。

「病院については俺のほうで調べてみるよ。細川は本部に戻れ。明日は次の旧車ヲタクと会う予定が入っていたな」

「はい、北原未来というグラフィックデザイナーさんと、一〇時に横須賀市のヴェルニー公園第一駐車場で待ち合わせています。お互いに到着したら連絡することになっています」

春菜は横須賀のことは詳しくない。

「ああ、京浜急行の汐入駅からならすぐだし、横須賀線の横須賀駅からも一〇分かからない場所だ。汐入駅の改札で九時四五分に待ち合わせよう。直行できるように赤松に言っておけ」

「了解です。いま調べたら、わたしは京急を使ったほうが便利みたいですね」

「じゃ、行くぞ」

春菜たちは会計をすませて店を出た。

「浅野さんはこのあと捜査本部ですか？」

春菜は気の毒に思いながら尋ねた。かなりの距離があるはずだ。

「ああ、一時間半は掛かるよ。最寄りの秦野駅からもバスだ。まったく不便なところに捜査(チヨ)

本部(ウバ)が立ったもんだ」

康長は皮肉な口調で言った。

春菜たちは高島町の駅へ向かって歩き始めた。

ごちゃごちゃとした市街地に立ち上る陽炎(かげろう)の向こうにみなとみらいの西側の高層ビル群が蜃気楼(しんきろう)のように見えていた。

第三章　悲劇のワインディングロード

1

翌日もいい天気だった。

汐入駅の改札で康長と合流した春菜は、ヴェルニー公園第一駐車場へと歩き始めた。

「わかったぞ。天童の病気が」

すぐに康長は明るい声で言った。

「わかりましたか」

「鎌倉あじさいクリニックは、ある大学病院の脳神経内科部長をしていた医師が院長をしている。従ってメインは内科ではなく脳神経内科なんだ。たとえば、認知症の患者などが多いようだ」

「まさか……認知症……」

天童は四〇代だったが、若年性認知症なら発症してもおかしくない。

春菜の言葉に康長は首を横に振った。

「そうではないようだ。担当医の話では天童は二年ほど前にいきなり失神したことがあったんだ。で、この病院を紹介されて、失神の原因を探すためにたくさんの検査を受けていたようだ。たとえば、てんかんの疑いもあって精密脳波検査というのもやったらしい」

「で、結局どんな病気だったんですか」

「血管迷走神経反射による神経調節性失神と診断されたそうだ。この病気は長時間立っていたり、座っていたり、強い痛みを感じたりしたとき、あるいは疲れ、ストレスなどをきっかけとして心拍数が減少したり血圧が低下したりすることがある。そのせいで脳への血流が減少して脳貧血状態になるんだ。結果として失神やめまい、吐き気などが起きる。注射されたときに倒れる人や、学校の朝礼で倒れる子どもなどもこの症状であることが多いらしい」

中学や高校の頃に倒れた子がいたことを春菜は思い出した。

「じゃあ、生命(いのち)に別状のある病気じゃないんですね」

「うん、死に至る病ではない。天童さんは薬を処方されていたらしいが、大きな心配のある状態ではなかったそうだ。どうやら通院は事件とは関係がないようだ。まぁ、刑事の仕事なんて九割が無駄だけどな」

康長は自嘲的な声で言った。

ヴェルニー公園第一駐車場は、汐入駅から歩道橋で国道16号を渡ったところにあった。

大型車のレーンには観光バスが二台駐まっていたが、全体としてかなり空いていた。

しばらく待つと、やや大きいエンジン音が聞こえてきた。

視線を向けると、フレンチブルーを少しミルキーにしたようなクルマが国道16号を左折してきた。

オレンジ色のウィンカーランプを点滅させながら、ちいさなクルマはトコトコと駐車場に入ってくる。

「なに、かわいい」

春菜は思わず叫んだ。

「おお！　ビーチボーイズ！」

それ以上に大きな声で叫んだのは、康長だった。

「どうしたんですか」

驚いて春菜は訊いた。

「い、いや、なんでもないんだ……」

康長は照れたように肩をすぼめた。

クルマは女性が運転している。おそらくは間違いないだろう。

春菜たちから一〇メートルほど離れたレーンにクルマは駐まった。

春菜の携帯が鳴った。

「あの……いま着きました」

耳もとで女性の澄んだソフトな声が響いた。

「細川です。フレンチブルーのかわいいクルマですね？」

「はい、そうです」

入ってきたクルマの左側前のウィンドウが予想もしなかった横方向に開いた。

窓から女性が卵形の白い顔を出して手を振った。

「いま、そちらへ行きます」

手を振って応えながら春菜は言った。

電話を切ると、春菜は早足でクルマに近づいていった。

クルマから、無地の白いブラウスにスキニーデニムを穿いた女性が降りてきて、ツバのひろいストローハットをかぶった。

「お時間を頂戴して申し訳ないです。県警の細川と申します」

春菜は笑顔であいさつした。

「同じく浅野です」

なぜか康長はクルマをつらつら見ながら名乗った。

「おはようございます。横須賀までお越し頂き、申し訳ないです。北原未来です」

未来は愛想よく笑った。

感じのよい女性だ。春菜はホッとした。

彼女の後ろに駐まっているクルマは、とても愛らしい。

いわゆるツーボックスというスタイルに四枚のドアを備えている。

ボディはどこの隅も丸っこくて、この全体のシェイプが徹底的にかわいい。

窓もかわいい。フロントウィンドウもサイドウィンドウも角が丸く、黒いゴムパッキンが取り巻いている。前後のサイドウィンドウが引き戸型なのが不思議だった。パワーウィンドウでないのは一目瞭然だが、レギュレーターで上下させるものでもなかった。

軽自動車より少し大きいくらいだが、立派なボンネットを備えている。

グレーの格子状の樹脂グリルの両端にまるいヘッドライトがちんまりと収まっていた。

グリルのまん中にはどこかで見たような菱形のエンブレムが見える。

全体のイメージはなんとなくワンコを感じさせた。

「すごくかわいいクルマですね」

素直な気持ちを春菜は口にした。

「ありがとうございます。ルノー・キャトルといいます」

嬉しそうな顔で未来は笑った。

「ルノーなんですね」

あらためて見ると、エンブレムはよく見かけたことのあるかたちだった。

「そうです。ルノーが作り続けたフランスの国民車なんです……詳しいお話もしたいし、どこかのお店に入りませんか」

未来はさわやかに微笑んだ。

「もちろんです。どこかいいお店をご存じですか」

春菜の問いに未来は右手を指さした。

「そこにコーヒーショップがあります」

「ぜひぜひ。そちらにいきましょう」

三人は駐車場の右手に歩き始めた。

目の前に六階建てくらいの大きな商業施設が立ちはだかるように現れた。

「大きなショッピングモールがあるんですね」

「あれは《コースカベイサイドストアーズ》です。最近、できたばかりなんですよ」

そんな話をしているうちに、コーヒーショップの前に着いた。

チェーン系のコーヒーショップだが、素晴らしい環境に建っていた。

店内に入るとそこそこ混んでいたが、窓際の席には空きがあった。

「二階もいいんですけど、わたしは一階の窓際が好きなんです」

未来の言葉で春菜たちは席を確保した。

「わたしが飲み物買ってきますよ。なにがいいですか」

康長が気を利かせてくれたので、春菜と未来はフラペチーノを頼んだ。

窓の外には海がひろがっている。

クレーンやデリックが目立つ港湾施設や建ち並ぶ倉庫など、春菜には見慣れない港の景色が展開している。

「横須賀本港のいちばん奥です。正面に見えるのは海上自衛隊の施設です。奥のほうにはアメリカ海軍の施設もあるんですよ」

眺めに見とれていると、未来が教えてくれた。

「奥のほうに緑の島が見えていますね」

「あれは吾妻島といって全島がアメリカ海軍の倉庫施設になっているんです。横須賀はもともとは軍港ですからね。すぐそこから軍港めぐりという遊覧船も出ているんですよ」

トレーに飲み物を並べて康長が戻ってきた。

未来が礼を言って、フラペチーノを受けとった。

「お忙しいのにお時間を頂いて恐縮です」

春菜と康長は名刺を渡してそれぞれに名乗った。

「わたしはこんな仕事をしています」

未来はスタイリッシュなペパーミントグリーンの名刺を渡した。

氏名のほかには、グラフィックデザイナーという肩書きとメールアドレス、携帯番号だけが記してある。

イラストなどはないが、フォントがとてもかっこいい。

「素敵なお名刺ですね」

春菜の言葉に未来は明るい笑みを浮かべた。

「それも仕事のひとつなんです。フリーランスになって三年目なんですが、ポスター、雑誌・書籍の表紙、商品パッケージなど食べるためにはなんのデザインでもやっています」

照れたように未来は笑った。

「これ、わたしがデザインしたあるアパレルチェーンのポスターです。ウェブサイトでも使っています」

未来はスマホの画面を提示してみせた。

「素敵っ」

思わず春菜は叫んだ。

きれいな海辺にキャトルと女性を配置したデザインだ。

全体に淡いパステルグリーンの色調が気持ちいい。

金色の洒落（しゃれ）たフォントで“La mode au quotidien”という文字が躍っている。

「ありがとうございます。仕事でキャトルをモチーフに使ったのはこれだけなんです。キャトルは借りだしたものですが、このときは撮影にも立ち会わせてもらいました」

「クリエイティブなお仕事って憧れます」

春菜にはとてもできそうにないが、憧れることはたしかだ。

「フリーは食べてくのも大変ですよ」

冗談っぽく未来は言った。

「今日は北原さんがお持ちの旧車の知識を伺いたいのです」

明るい声で春菜は言った。

「わたしは旧車といってもキャトルのことしか知りませんし、メカニズムもなんにもわからないんです」

とまどったように未来は言った。

「でも、キャトルにはお詳しいんですね」

やわらかい声で春菜は訊いた。

「愛してます。ほかのクルマなんて考えられないです」

なんと、未来は両目を少し潤ませている。

「ぜひ、いろいろ教えてください」

いつもの注意事項を春菜は伝えた。

「ご心配なく。ほかの人にはなにも言いません」

真剣な目で未来はうなずいた。

「キャトルはそんなにかわいいんですか」

春菜はなにげなく訊いた。

「かわいくないですか」

未来はうっとりとした顔で答えた。

「なんだかワンコみたいな愛らしさがありますよね」

オーナーとしては機嫌を損ねるかもしれないが、春菜は自分の素直な感想を口にした。

「ああ、わかる。なんか小動物って感じがするんですよね。わたし、それまでクルマなんて、ただの移動手段だと思ってたんですよ。だけど、キャトルに出会ってからクルマを愛することを知りました」

楽しそうに未来は言った。

「愛せるクルマって素晴らしいですね。簡単にキャトルのことを教えてください」

にっこり笑って春菜は言った。

「キャトルというのは、フランス語で4の意味です。でも、フランス本国ではキャトレールと呼ばれることが多いんですよ」

未来も頬をゆるませた。

「キャトレールって、音の響きがすごくかわいい」

フランス語はわからないが、なんだか女の子の名前みたいだ。

「かわいいでしょう。わたしはキャトちゃんって呼んでますけど。キャトレールって名前の由来はノーマルの4に加えられたリュクス・バージョン、つまりデラックス版の名前が4Lだったのです。4Lをフランス風に発音するとキャトレールってなります。その4Lがルノー4全体を指す言葉になったんです。キャトルは、ルノーが一九六一年に発売し、九二年まで三〇年以上にわたって作り続けた国民車です。ルノーが一九五〇年代の大人気車だったシトロエンのシトロエン2CVを徹底的に研究して開発したクルマなんです」

未来は背筋を伸ばして言った。

「あ、ルパン三世の映画に出てくるクラリスのクルマですね」

「そうです。そうです」

膝を打たんばかりの調子で未来は答えた。

「ずいぶんかたちが違いますよね」

「2CVの長所と短所をしっかり分析して生み出されたクルマなんで、かたちはまるで違うものとなりました。2CVの空冷エンジンに対してキャトルは水冷エンジンを採用しました」

「キャトルは、インジェクションじゃないんですよね」

「もちろんキャブレター方式ですが、よくご存じですね」

「ちょっと教えてもらったんです。そうだとすると、暖機運転が大変だったんじゃないんですか」

「そうです、そうです。冬場なんて一〇分くらい暖機運転してます。アイドリングの音がけっこう大きいんで近所には気を遣いますけどね」

未来は苦笑した。

「チョークワークも大変なんじゃないんですか」

「慣れるまでずいぶん時間が掛かりました。エンジンがすぐに止まっちゃうんです。いままでは一発で掛けられますけどね。それにしても細川さんってクルマに詳しいんですね」

「いえいえ、わたしはキャブレター車に乗ったことはないんです」

「ふつうそうですよね。キャトルはFF式を選びました。いまの日本車の多くもクルマの前部にエンジンを積載して前輪を駆動しているFF式です。FF式はRR式と比べて室内に大きなスペースを確保することができます。さらに、ちいさいながら四枚のドアに加えてリアゲートを採り入れました。このスタイル、つまりハッチバックですよね。これもまた現代のクルマではたくさん採用されている方式です。キャトルは商業的に成功した世界初のハッチバックなんです。簡単に言っちゃいますと、キャトルは現代マルチパーパスカーの元祖なんです」

ちょっと誇らしげに未来は言った。

「キャトルは多くの人に支持されたんですね」

春菜の言葉に未来はうなずいた。

「経済的なうえに2CVなどよりずっと実用性の高いクルマだったので、たくさんのフランス国民に支持されたんです。キャトルってどれくらい売れたか知ってますか？」

「もちろん知りません」

「生産終了した車種のうち、モデルチェンジしないで、歴史上いちばん生産されたクルマはフォルクスワーゲンのビートルです。二番目は古いクルマですが、T型フォードです。キャトルは世界で三番目にたくさん作られたクルマなんですよ」

ふたたび未来は誇らしげな顔をした。

自分の愛するクルマを誇る人々の顔は、みんないいなと春菜は思った。

「世界で三番目なんですか！」

春菜は驚きの声を上げた。

「累計で八一三万台も作られたんです」

「すごい！」

神奈川県全体の人口は九二一万人だ。

「でも、日本では正規輸入された期間が短かったので、知名度が低いです。わたしももちろん知りませんでした。わたしがキャトルを知ったのは、五年前の春のことです。市内のうみかぜ公園に仕事で使うために猿島の写真を撮りに行ったときのことなんです。アーモンドカラーのキャトルが駐車場に入ってきたんです。もう一目惚れですよ。いっぺんに大好きになってしまいました。理由はわかりません。でも、愛するってことは理由がないんじゃないんでしょうか。ごめんなさい。愛じゃなくて恋です。わたしはキャトちゃんに恋してるんです。恋することに理由なんてない。そう思います」

真剣な顔で未来は言った。

「恋することには理由がない……」

春菜にはちょっとショックな言葉だった。だが、それは事実かもしれない。

「運転していたのはちょっと歳上の石丸彩という絵本作家の先生だったんです。わたしは石丸先生にキャトルのことを根掘り葉掘り訊いちゃいました。先生はキャトルの素晴らしさをたくさん教えてくださいました。その先生は葉山にお住まいなんで、横須賀市内のフランス旧車専門ショップでキャトルを購入されたんです。で、石丸先生のご紹介で《ガラージュ・シトロン》というそのショップで、キャトちゃんを手に入れることができました」

未来は嬉しそうに笑った。

「でも、旧車を維持するのって大変じゃないですか」

水野に聞いた話でも、旧車に乗るのには相当の覚悟が必要なようだ。

「キャトルは一九九二年まで生産されていたおかげで、比較的状態のいいクルマが手に入ります。わたしのキャトちゃんも一九九〇年製なんで、まだ三〇歳です。わたしよりも若いんです。だから、前輪はディスクブレーキだし、クーラーも付いてるんですよ。クーラーはほとんど効きませんけどね。お迎えしたときにしっかりレストアしているんで、故障もほとんどしません。けっこう実用的なんですよ。それに乗り心地もすごくいいんです」

得意げに未来は微笑んだ。

「わたしもちょっとほしくなっちゃいました」

春菜は本気で言った。

「キャトちゃんとの毎日は楽しいですよ。シフトに慣れるのにちょっと苦労しましたけど」

「シフトですか」

「ええ、キャトルのシフトレバーはダッシュボードのまん中からまっすぐに生えている感じなんですよ。フランスではこのシフトに慣れ過ぎちゃってほかのクルマに乗れないって老人がいるって聞いています」

「えーと、マニュアルなんですね？」

気づかなかったが、ほとんどの旧車はマニュアルのはずだ。

春菜はマニュアル免許を取ったが、教習所を出てからはオートマ車しか乗ったことがない。

それだけでも自分にとってはハードルが高そうだ。

「ええ、キャトルにはオートマ車はないんです。それにこのシフトレバーってすごくおもしろいんですよ。運転席からエンジンベイに向けて一本のシャフトが延びているんです。シャフトの先端が平たく潰れててそこに穴が空いています。変速機から上に延びた短いロッドに穴を合わせてボルトで締めてあるというだけのすごく簡単な構造です。ところが、買ってすぐの頃の話です。シャフトの穴の周囲が錆びていてシフトレバーそのものがダッシュボードからするりと抜けてしまったんです」

未来は楽しそうに笑った。

「えーっ、それでどうしたんですか」

春菜はのけぞって叫んだ。

「たまたまお店の駐車場でレーンに入れようとクルマを前後させていたところでした。レーンに対して斜めになってる中途半端な姿勢だったんで困りましたね。ほかのクルマにクラクションを鳴らされたりしてね」

ますます楽しそうな声で未来は言った。

「そりゃあ困りますよねぇ」

康長も唖然（あぜん）としている。

「友だちが乗ってたんでなんとかなりました。ボンネットフードを開けて、友だちに手を突っ込んでもらったんです。わたしがクラッチを切るタイミングに合わせて、直接変速機をバックに入れてもらったんでバックできました。なんとか駐車場のレーンに無事に入れたんで

《ガラージュ・シトロン》さんに助けに来てもらったんです」

未来はゆったりとした笑みを浮かべた。

「お友だちが一緒でよかったですね」

「トラブルがきっかけでその友だちだった男性とつきあうことになったんです。いまの彼なんです。そんなトラブルもあとになってみると楽しい思い出です。細川さんもそんな時間を楽しんでみませんか?」

春菜の顔を覗き込むようにして未来は訊いた。

やっぱり春菜は旧車に乗るのは無理だ。

赤松が言っていたが、本気の趣味は一種のマゾヒズムなのかもしれない。

「楽しそうですけど……」

あいまいな声で春菜は答えた。

「よければ《ガラージュ・シトロン》さんをご紹介しますよ」

まじめな顔で未来は言った。

「その節はぜひ……かわいいから、映画とかにも登場してませんか」

あわてて春菜は話題を変えた。

「世界中の映画に出てきますね。邦画にも出てきます。ちょっと古いんですが竹中直人さんが監督した二〇〇五年の『サヨナラCOLOR』という映画があります。竹中さんと原田知世さんが主演でしたが、ポスターをはじめとする宣材にもキャトルが出まくりだったんですよ。わたしのキャトちゃんと同じカラーだったので嬉しかったです。去年は、深津絵里さんの『超熟』っていうパンのCMにも出ていました」

ビジュアル的にすぐれているキャトルは、映像の素材としては格好の存在だろう。

「もっといっぱい出てたの知ってますよ……テレビドラマですが」

とつぜん康長が弾んだ声を出した。

「『ビーチボーイズ』ですよね。いまお話ししようと思ってたんです。反町隆史さんの愛車として白い品川ナンバーのキャトルが毎回、出てましたよね。竹野内豊さんとのダブル主演でしたね」

未来は満面の笑みを浮かべた。

「反町さんに竹野内さんですか……渋いイケオジふたりですね」

春菜の言葉に康長は口を尖らせた。

「なに言ってんだよ。当時、反町は二三歳、竹野内は二六歳だぞ。超イケメンだったんだよ。舞台となっている民宿《ダイヤモンドヘッド》の娘は広末涼子さんで女子高生役だったんだ。当時は大人気のドラマだったんだぞ」

康長は不満げだったが、そんなむかしのドラマなら知らなくても当然だ。

「浅野さん、ずいぶん思い入れがあるみたいですね」

「恋愛要素抜きの男と男の熱い友情を明るくさらっと描いていて、最高に好きなドラマだったよ。俺の青春だったんだ。高校一年のときでね」

熱っぽい調子で康長は言った。

「当時はかなり影響力があったようですね。《ガラージュ・シトロン》のオーナーさんもその頃はキャトルがすごく売れたと言ってました」

「そうでしょう、そうでしょう。あのドラマのなにがいいって……」

「浅野さん」

春菜は康長の袖を引いて言葉をさえぎった。

このままキャトルの話で終始するわけにはいかない。

「そうだな、本題に入らなきゃな」

ばつが悪そうに康長は言った。

「天童頼人さんという自動車評論家をご存じでしょうか」

未来の目を見つめて春菜は尋ねた。

「わたし、自動車雑誌とか読んだこともなくて……。キャトルが取り上げられることもあまりないですし……」

　冴えない顔で未来は答えた。

「実はわたしたち、七月二八日の夜から七月二九日の朝に掛けて殺害された天童頼人さんの事件について調べています」

　春菜は事件について説明できる限りのことを未来に話した。

　こわいくらいのまじめな目つきで未来は聞いていた。

「ごめんなさい。わたしではお役に立てることがなさそうです。天童さんも知りませんし、旧車関係のコミュニティは覗いたこともありません。キャトル以外のことにはまったく興味も関心もないんです」

　申し訳なさそうに未来は頭を下げた。

「そうですか……」

　春菜は落胆して肩を落とした。

　康長の顔を見ると、

「これを見て頂けませんか」

　春菜はスマホの画面に、例のゴムの輪を表示させて未来に見せた。

「さぁ、わたしキャトルの部品だってシフトレバーくらいしか知らないんです。ショップさんにおまかせなんで」

未来はちいさく笑った。

「では、旧車関係で『カサ』という言葉に心当たりはないでしょうか」

失望しつつも春菜は問いを続けた。

「カサですか……」

未来は首を傾げた。

「ええ、被害者の天童さんはカサという言葉を、スマホアプリの七月二八日のスケジュール欄に書き残しているんです」

春菜は期待しないで言った。

「だとしたら、シトロエン2CVですよ」

未来は笑顔でさらりと答えた。

「え！」

「そうなのか」

春菜と康長は顔を見合わせた。

「ええ、2CVは第二次大戦後すぐに発表されたものですが、開発陣は当時のフランスの農民や小商人の手に届く価格の簡便な荷運び車を目指しました。主要な開発コンセプトは三つだったそうです。『軽くて燃料を食わないこと、車室が広いこと、積み荷の卵が悪路でも割れないこと』の三つです。結果として生まれたあの独特のスタイルは、発売当初は『醜いアヒルの子』とか『ブリキの犬小屋』と呼ばれたんです。さらに『コウモリ傘に車輪をつけたもの』と呼ばれたのです。だから旧車関係でカサといえば２ＣＶのことだと思いますよ」

未来は淡々とした口調で説明した。

「ほ、ほんとうですか」

春菜は舌をもつれさせて訊いた。

「わたしは《ガラージュ・シトロン》のオーナーさんに聞いたのですが、フランス旧車ファンなら知ってる人は少なくないでしょう。自動車評論家さんなら知っていてあたりまえです」

未来はさらりと言った。

「２ＣＶかぁ」

頭の後ろに両手を持っていって背をそらしながら康長はうなった。

「北原さんは２ＣＶについてはお詳しくないんですか」

期待を込めて春菜は訊いた。

「さっきお話ししたことくらいしか知りません。わたしキャトル以外に興味ないんで。キャトちゃんのことなら何時間でも話せますけど。とくにお酒飲みながらならね。彼はうんざりしてますけど」

未来はいたずらっぽく笑った。

「やっぱりそうですよね」

ふたたび春菜は肩を落とした。

「もしお時間が許せば、これから、《ガラージュ・シトロン》に行ってみませんか。わたしのキャトちゃんで……ここから四キロもないんです」

誘うように未来は微笑んだ。

「ぜひお願いします」

康長が身を乗り出して答えた。

春菜もむろん異存はなかった。

「さっきのゴムの写真をオーナーさんに見てもらいましょうよ」

嬉しそうな声で未来は言った。

三人はコーヒーショップを出た。

すぐ近くの桟橋から白い船体の遊覧船が出航するところだった。

潮風に混じる船の煙の臭いが鼻を衝く。

港近くにいることが、春菜のこころを弾ませていた。

2

キャトルは国道16号を観音崎方向に走り始めた。

三〇歳のキャトちゃんは、路面から伝わるショックが少なく未来の自慢通りかなりいい乗り心地だった。

狭い車内だが、ビニールとファブリックのコンビネーションのシートは思ったより分厚くて身体を預けると落ち着ける。ブルーのチェック柄がとてもオシャレだ。

未来はクーラーと呼んでいたが、いわゆるエアコンとは違って助手席のダッシュボードの下に黒い通風口のフィンが並んだ黒い四角い樹脂の箱が吊り下げられていた。つまり独立のクーラーなのだ。

風が来るので作動しているようだが、少しも涼しくない。ただの扇風機だ。

だが、四枚の引き窓がすべて開かれているので、風が舞い込んで意外と涼しい。

その代わり大型トラックの排気ガスも吹き込んでくる。車体の割にちいさくないエンジン音も窓から響いてきた。窓を開けている限りは、決して快適とはいえない室内だ。

目指す《ガラージュ・シトロン》は、国道16号から数十メートルほど入った裏道沿いにあった。あたりは中小企業などが入った三、四階建てのビルと住宅が並ぶような場所だった。

二階建ての軽量鉄骨構造の事務所と四台のクルマが並んでいるガレージがあった。

キャトルが二台と春菜が知らないクルマが二台だった。

ガレージ内では白いツナギを着た茶髪の若い男性がリフトの下で作業をしていた。

明るいが簡素な店内だった。

「いらっしゃいませ、未来さん、ご無沙汰してます」

会計カウンターからTシャツ姿の若い女性が声を掛けてきた。

「愛菜ちゃん、こんにちは。オーナーいますよね」

「います。いま呼んできますね」

女性は奥へと去った。

カウンターと薄茶色のビニールソファの応接セット、雑誌が並んでいる棚があるくらいだった。棚にはキャトルや2CVなどの模型が飾られている。

「やぁ、未来さん、いらっしゃい。なんか不具合が出たの？」

四〇代なかばくらいの四角い顔の男がツナギを着て奥から現れた。

ちょっと神経質そうな雰囲気を漂わせている。

「こんにちは。違うんです。警察の方をご案内してきたんです」

未来は顔の前で手を振りながら、明るく言った。

「え……警察」

オーナーらしき男は、顔をこわばらせてちょっと身を引いた。

いきなり私服警察官が現れれば誰でも驚く。

これは至ってふつうの反応だ。

「わたしキャトルの関係で神奈川県警の登録捜査協力員になってるんだよ。おふたりはそちらの関係の方なの」

未来の言葉に、男の表情はいくぶんやわらいだ。

「そうなの……ぜんぜん知らなかったよ。はじめまして、オーナーの田尻といいます」

田尻は明るい笑顔を浮かべた。

「はじめまして、捜査指揮・支援センター専門捜査支援班の細川と申します」

春菜は愛想よくあいさつした。

「浅野です。急に伺ってすみません」

康長は所属を口にしなかった。

捜査一課の名前は出さないほうがいいとの判断は正解だろう。

「いや、いま仕事に一区切りついたところなんですよ。お気遣いなく。どうぞ、そちらへお掛けください」

田尻が右手でソファを指し示した。

「じゃあ、また顔出しますね。細川さん、浅野さん、今日はありがとうございました」

未来はかるく手を振った。

「こちらこそありがとうございました」

春菜たちは未来に向かって頭を下げた。

未来はそのままかるい足取りで外へ出ていった。

「さぁ、どうぞ」

重ねて田尻が言ったので、春菜たちふたりは並んで座った。

対面に田尻も座った。

愛菜ちゃんと呼ばれた女性が、トレーに並べた紙コップのコーヒーを持って来てカフェテーブルに置いた。

「すみません、どうぞおかまいなく」

康長が頭を下げた。

「さっそくで恐縮ですが、これはなんだかわかりますか」

春菜はスマホを差し出した。

「ちょっと失礼」

スマホを受けとった田尻はじっと画面に見入った。

「これは2CVのシートを止めるためのゴムです」

あっさりと田尻は答えた。

「え？　2CVの……」

春菜は言葉を失った。

「シートのゴムですか」

康長が言葉を引き継いだ。

「どういう風な構造なんですか？」

春菜には構造がよくわからなかった。

「2CVは簡単な構造を目指しましたので、シートも非常にシンプルでちょっとチープです。シートにはウレタンも薄いものしか入っていません。表皮を外すと、フレームの両側からゴムで麻の布を吊ってあるだけです。この麻の布が体重を支える仕組みなんですね。乗っているうちにゴムが弱ってきたりちぎれたりするんです。そうすると、シートがへたって乗り心地が悪くなりますので、交換が必要となります。で、ゴムの数は一席分で四八個です。ふつうはビニール袋に五〇個入っているものを取り寄せることができます」

落ち着いた声音で田尻は説明した。

「ゴム交換はショップさんでないとできない作業ですか」

春菜の問いに田尻は首を横に振った。

「いえ、ユーザーの方にもできますが、けっこう面倒で時間も掛かる作業なので我々にまかせてくれるお客さんが多いですね」

もっとも天童は空冷ワーゲンも《ケーファー湘南》にまかせていたようだから、自分で交換するようなことはなかっただろう。

「でも、なんでこのゴムのことをお訊きになるんですか？」

不思議そうな顔で田尻は訊いた。

「実は、わたしたちは自動車評論家の天童頼人さんの事件について調べております」

「そうでしたか……お気の毒なことです」

春菜は慎重に言葉を選んで言った。

田尻はかすれた声で答えた。

「天童さんをご存じなんですね」

「とても残念です。うちの大切なお客さまでした」

暗い顔で田尻は答えた。

「天童さんはこちらでフランス車を買ってたんですか」

春菜の問いに、田尻の顔は少しだけ明るくなった。

「はい、シトロエン・アミと2CVをお求め頂いていました。2CVは一九九〇年まで製造されていましたが、天童さんはあえて一九六一年式のAZLPというモデルをお求めになりました。第二世代に属するモデルです。多くのお客さまには一九八〇年に発表されたチャールストンというちょっとだけ豪華なモデルが人気なんですが、天童さんは原点に近いという理由であえてAZLPを選んだんですね。ボディカラーも地味なグレーです」

あんなクラシカルなかたちなのに三〇年前まで生産されていたのか……と思ったが、話が逸れていきそうなのでそのことに触れるのはやめた。

「ところで、いまお見せした写真のゴムは、今回の事件の現場に落ちていたものです」

春菜の言葉に、田尻は顔を引き攣らせた。

「そうなんですか……」

田尻は声をかすれさせて答えた。

額に汗がにじんでいる。大きな動揺が田尻を襲っているようだった。

フランス車を扱っている田尻にとっては、自分が被疑者と疑われるのではないかという不安感もあるに違いない。

「天童さん自身が落とした可能性と、犯人が落とした可能性の両方を考えています」

康長が横から口を出した。

「ですが、天童さんの可能性は少ないと思いますよ。天童さんの2CVは二年くらい前にゴム交換をしています。まだまだ交換する時期ではありません。そもそも天童さんはご自分ではオイル交換くらいしかなさいませんでした」

田尻は目をうろうろと泳がせて、早口で答えた。

「なるほど……では、犯人が落とした可能性が高いということですね。現場は震生湖駐車場という淋しい場所ですので、そんな特殊な物がやたらと落ちているとは思えません」

康長は田尻の顔を見つめながら訊いた。

「ニュースでも震生湖だと言っていましたね。わたしは行ったことがありませんが、淋しい場所だと想像はつきます」

平板な調子に戻って田尻は言った。

「いずれにしても2CVに関係する人物か、その周辺にいる人物が犯人である可能性が高いと思われます」

はっきりとした口調で康長は言った。

「そうですね、シート吊りゴムは一般の人が入手するものではありませんからね」

　表情を変えずに田尻は言った。

「天童さんとは最後にいつ会いましたか」

　春菜は質問を変えた。

「そう、七月の中頃ですね。正確な日付は記録を見ればわかりますが」

「いえ、いまはけっこうです。どこで会ったんですか？」

　春菜の問いに田尻はかるく顔をしかめた。

「実は、天童さんの2CVをお預かりしたままなんですよ」

「本当ですか」

「ええ、サスペンションが難しい状態になりましてね。半月ほど前のことです。その際、清川村のガレージまで取りに伺いました。すでに修理が終わっているのですが、あんなことになってしまったんでお返しできてないんですよ。妹さんにご連絡したのですが、しばらく預かっていてほしいと言われて、仕方なくうちの駐車場でカバーを掛けて保管しています。うちとしては一日も早くお返ししたいのですが、状況が状況だけにあまり無理なことも言えなくて……」

　田尻は眉根を寄せた。

「別のお尋ねなんですが、旧車かいわいで『カサ』というと、2CVのことを指す場合もあると未来さんに伺いました。実は天童さんのスケジュールアプリに『カサ』と書かれていたんです。遺体が発見された前日の七月二八日の欄にです。この意味は想像がつきますでしょうか」

春菜は田尻の顔を見て尋ねた。

「それはわたしのことでしょう」

こわばった顔で田尻は言った。

「どういうことですか」

驚いて春菜は訊いた。

「さっき言ったサスペンションの修理が終わったので、天童さんの2CVを七月二八日の午後六時にお返しに行く約束になっていたのです。そのことをスケジュールアプリに書いたのではないですか？　ところが、当日の昼過ぎに電話が掛かってきて納車を延期してほしいと言われたのです」

堅い表情のまま田尻は答えた。

「では、その日は天童さんに会ってないのですね」

春菜は念を押した。

「ええ、そうです。キャンセルになったおかげで、当日の同じ時間、午後六時から横浜で開かれた同業者の飲み会に参加したんですよ」

田尻はやわらかい表情で答えた。

「そんな飲み会があるんですか」

「ええ、県内の旧車ショップが親睦の意味で一ヶ月に一回開いています。オーナーばかりではなくスタッフの一部も参加します。参加するのは自由なんで来るショップは半分くらいでしょうかね。わたしも二、三ヶ月に一回くらいしか顔を出しません。それでも毎回、五〇人くらいの人数になりますよ。今回はスカイビルのなかのメキシコ料理店の一部を貸切にしていました。飲み会なので、みんな電車で集まります。なので交通の便のよいお店を探します。陸に上がった河童の会ですね」

声を立てて田尻は笑った。

田尻の感情はすっかり安定したようだ。

「なるほど、陸に上がった河童の会ってのはおもしろいですね」

つられて康長も笑った。

「毎回、どこかのショップが幹事役を務めます。今月は逗子の空冷ワーゲンショップの《ケーファー湘南》さんです。土日を避けて月末近くに二、三時間程度で開くことが多いです」

あの逗子のワーゲンショップの名前が出てきた。

「《ケーファー湘南》さんにもお話を伺ったんですが、出席していたのはオーナーの益田さんですか」

春菜の問いに田尻は笑顔でうなずいた。

「よくご存じですね。まぁ、旧車業界は狭いですからね。ええ、今月の幹事役だし、彼も参加していました。ただ、仕事があったとかで最後のほうに顔を出しましたね。九時頃かな。飲み会の最後に先月の幹事役の《ポルシェハウス神奈川》さんから《ケーファー湘南》さんにバトンタッチ式なんてのもやりましたよ。冗談半分でやってることですけどね。わたしはそのまま帰宅したんですが、《ケーファー湘南》と《ポルシェハウス神奈川》なんかのオーナーさんたち五人は横浜で朝まで飲んでいたそうです。みんな水曜休みの店ばかりですからね。うちも水曜は休みですけど、奥さんが怖いですからね」

田尻はいたずらっぽく笑った。

「話は変わりますが、天童さんは支払いについては問題ありませんでしたか？」

春菜は質問を変えた。

「そうですね、まぁいささか渋い感じでしたかね。ほとんどのお客さんは請求書を送ると、二、三日のうちには振り込んでくださいます。ですが、天童さんは期限ギリギリでしたね。

請求書を持ってくと『高いなぁ』なんて文句を言われたりしてね。うちが手間賃とか控え目なのよく知ってるはずですけどね。でも、期限までには必ず払ってくれましたから、問題はありません」

益田の話とはいささか食い違っている。ショップによって対応を変えていたのだろうか。

「《ケーファー湘南》さんでは天童さんにフリーペーパーの記事を書いてもらっていたみたいですが、こちらではどうでしたか」

「うちにもそんな話はありましたが、断ってました。だいいちそんなフリーペーパー作るような余裕はありませんから」

田尻は苦笑を浮かべた。

「天童さんはネットで一部の旧車ショップさんに対して批判的なことを書くようなことをしていたそうですが、そのことはご存じですか」

春菜の言葉に田尻はうなずいた。

「うちのお客さんから聞きましたが、少なくともうちのショップについての悪口を見掛けたことはありませんでした。噂によると、天童さんは自分のクルマの面倒を見させているショップの批判はしなかったそうです。ですので、わたしはあまり関心を持っていませんでした」

平らかな口調で田尻は答えた。

これはわかる。自分のクルマをいい加減に扱われたくはないだろう。

「ほかに天童さんについてなにかありませんか」

春菜の問いに田尻はちょっと暗い顔になった。

「亡くなった方の悪口を言いたくはないんですけど、天童さんはなんて言うのかな……表向きは紳士的で朗らかなんですが、ちょっと怖いというか……攻撃的なところがある人ではありましたね」

控えめな口調で田尻は言ったが、やはり天童は芳しからぬ人物だったようだ。

「天童さんが関わった仕事で事故があって、人が亡くなったとかいう話を聞いたことがありませんか」

春菜は安富から聞いた話を確認した。

「いいえ、そんなことがあったんですか？」

田尻は首を傾げた。

「ここ二年くらい天童さんはあまり活動をしておらず、試乗レポートも書いていないということですが、理由はご存じですか」

この話も聞いてみたかった。

「そう言えばそうですね。詳しく見ていませんでしたが、試乗レポートを見かけなくなりましたね。でも、なぜだかは知りません」

はっきりとした口調で田尻は答えた。

春菜が質問したいことはこのくらいだった。

康長の顔を見ると、静かに首を横に振った。

「お仕事中にお時間を頂戴し申し訳ありませんでした」

春菜は丁重に礼を述べた。

「いえいえ、早く犯人が捕まるといいですね」

「力を尽くします」

春菜たちは頭を下げて店を出た。

マップで見ると、京浜急行の県立大学駅が至近距離にあった。

ふたりは京浜急行で横浜に戻ることにした。

「とりあえず、ゴムの正体とカサの意味ははっきりしたな」

品川行きの各駅停車に揺られながら、康長が言った。

「そうですね、どちらも犯人に直接つながる情報ではありませんでしたね」

「だが、田尻さんとはつながった。その意味はわからんが」

康長は微妙な言い方をした。

「シート吊りゴムを、田尻さんが落としたなんてことは考えなくていいんでしょうか」

２ＣＶの部品を持っている人物はショップの人間かユーザー以外には考えにくい。田尻である可能性は否定できない。

「その可能性はある。細川が質問しているときにもはっきりとした感情の乱れは見られた。だが、あのゴムの正体をあっさり明かした点やカサが自分であると答えた点は犯人らしくない。いまのところ、動機も見つかっていない。田尻さんはこの件に一切関わりがないか、感情のコントロールに長けた人物であるかのどちらかだ」

考え深げに康長は答えた。

「田尻さんについてはペンディングと考えていいでしょうか」

「もし、彼が犯人であれば、俺たちが訪問したことでショックを受けているはずだ。動きがあるかもしれない。だが、まだ監視対象をつける段階ではないと考えている。もう少し調べてなにかが出てきたら直ちに捜査員を張り付かせる。捜査員の数にも限りがあるからな」

康長は自嘲的に笑った。

「となると、現時点では第一に安富さんに注意を向けるべきですね」

春菜の問いに康長は静かにあごを引いた。

「そういうことだ。安富にはすでに捜査員が張り付いている。それにしても、ヲタク協力員が紹介してくれたショップのおかげでいろいろなことがわかった。安富が浮上してきたのも協力員の情報が源だ。やはりこのシステムは使えるな」

康長は至極まじめな声で言った。

「なんだか嬉しいです」

自分のポジションが事件解決にプラスになることは、ありがたかった。

「ところで、今日はもうひとりヲタクと会えるんだったな」

明るい声で康長は言った。

「ええ、多賀高志さんという三五歳のお医者さまでです。午後七時に小田急の伊勢原駅近くで待ち合わせてます」

「伊勢原か。秦野署に近くていいな」

「今回、関係者は鎌倉だの、横須賀だの海沿いばかりですからね」

春菜は康長が気の毒になった。

捜査本部は通常は現場を管轄する警察署に開設される。

こういうときに捜査本部の不便さを感じる。

今回は県警本部を出発地とする自分のほうがはるかに楽だ。

「仕方ないさ。伊勢原駅の改札で六時四五分に待ち合わせよう」

「了解です」

もうすぐ横須賀中央駅だ。ここで特急か快速特急に乗り換えなければならない。

車窓には横須賀中心部のビル群が見え始めた。

3

多賀とは伊勢原駅南口の喫茶店で待ち合わせていた。

待ち合わせ時刻の五分ほど前に、ワイシャツ姿の男が店に現れた。

丸顔で人のよさそうな感じだった。医師というよりは学校の先生のように見える。

春菜が高校のときの担任にどことなく似ていた。

春菜たちと多賀は名刺交換をして名乗り合った。

多賀の名刺には「厚木つつじの丘病院内科部長」とあった。

「あのー、細川さんは巡査部長なんですよね」

多賀は春菜の顔をまじまじと見つめて訊いた。

「はい、そうですが？」

春菜は質問の趣旨がわかりかねた。

「だって、見た感じ大学生みたいじゃないですか。おまわりさんだとしても卒配すぐの交番勤務って感じですよ。経験豊かな巡査部長には見えないなぁ」

おもしろそうに多賀は言った。

卒配とは卒業配置の略称である。都道府県警に警察官として採用された者は、まず都道府県の警察学校に配属される。採用区分により六ヶ月あるいは一〇ヶ月の修習期間を経て卒業すると各警察署に配置される。配置された部署で三ヶ月、実際の職務に就きながら現場実習生として研修を受ける。これが卒配と呼ばれる制度である。つまり春菜が採用一、二年目の年齢に見えると言っているのだ。

「多賀さんは、卒配なんて言葉をご存じなんですね？」

春菜は驚いて訊いた。

「テレビドラマでよく出てきますからね。それにしてもお若いです」

多賀はにやっと笑った。

なるほど、警察用語に詳しい市民はドラマから学ぶのだ。

「よく言われるんですが、経験六年目です」

きっぱりと春菜は言った。

若く見られてあまり得をしたことはない。

「とってもそうは見えないですよ。うちの新卒のナースと同じくらい若いです」

多賀はもう一度、春菜の顔をじっと見つめた。

「まぁ、わたしの年齢の話はいいですので」

春菜がちょっとだけ尖った声で言うと、多賀はちらっと舌を出して肩をすくめた。

「いやー、まさか連絡があるとは思いませんでした。旧車のことでお呼びが掛かるとはね。失礼だけど、半分冗談みたいな気分で登録していたんです」

多賀は明るい声で言った。

「お時間は大丈夫なんですよね」

春菜は遠慮がちに訊いた。

相手が医師だけに、抱えている患者は何人もいるはずだ。

「大丈夫です。僕は内科の勤務医なので、当直の日以外はわりあい定刻で帰れるんですよ。一緒に住んでる家族もいないし、あとは飲みに行くくらいしか楽しみがないんですが、伊勢原は気の利いた飲み屋も少ないんですよ」

「この近くにお住まいなんですか」

「ええ、駅から五、六分のマンションに住んでいます」

続けて春菜はいつものように登録捜査協力員の職務に対する諸注意を説明した。

「大丈夫です。僕も医師である以上、守秘義務については理解しているつもりです」

多賀は頼もしく請け合った。

「旧車にお詳しいんですよね」

やんわりと春菜は本題に入った。

「僕はね、ひとえにスカイラインラブなんですよ」

楽しそうに多賀は言った。

「スカイラインっていまも売ってますよね？」

春菜は不思議に思って訊いた。スカイラインは決してむかしのクルマではないだろう。

「ええ、現在のV37型モデルは、二〇一三年から販売している一三代目です」

「パトカーや面パトにもけっこう使われてますね」

康長が横から口を出した。

「そうですね。パトカーにもずっと採用されているようですね。スカイラインは、いまはなきプリンス自動車が一九五七年に発売したクルマで、一九六三年に発売された二代目が一九六六年の日産とプリンスの合併によって日産プリンス・スカイランとなりました。そして現在までずっとスカイラインの車名で生産されています。トヨタのランドクルーザー、クラウンに次いで日本で三番目に長く続いているクルマなんですよ」

誇らしげに多賀は言った。

「一九五七年からですか！」

春菜は驚いた。それなら初代はキャトルより古い。

「それで、僕のスカイラインは、一九七二年から一九七七年の五年間作られていたC110型です。スカイラインとして最初にパトカーに採用されたモデルなんですよ」

「四〇年以上前のクルマですね」

「はい、僕が生まれるずっと前のクルマです。C110型と言ってもわからないでしょうけど、『ケンとメリーのスカイライン』といえばおわかりでしょうか。ケンメリなんて呼ばれますけど」

それでも春菜はわからなかったが、康長は膝を打った。

「あれか。すごく有名なクルマですね。わたしにしたって生まれる前のクルマだけど知ってますからね」

ケンとメリーのスカイラインという愛称は不思議だった。

「どうしてケンメリを好きになったんですか」

とりあえずこのあたりが切り口だろうか。

「かなりいい加減な理由です。ＹｏｕＴｕｂｅで誰かがアップしていた一九七〇代のテレビコマーシャルの動画を見て、なんか好きになっちゃったんです。カップルがスカイラインに乗って、日本のあちこちを旅するというシリーズもののＣＭなんです。僕もそんなクルマで旅をしたいな、なんて思っちゃったんですね。メリーはかわいいし、バックに映っている風景は素敵だし……。たとえば、ＣＭ第一五作『地図のない旅』編に使われたポプラの木は北海道の美瑛町にあるのですが、現在は『ケンとメリーの木』として観光名所になっています」

多賀はうっとりとした顔で言葉を継いだ。

「だいたい、世界のクルマでカップルのファーストネームが愛称となっているクルマなんてほかにないでしょう？　トレードマークは相合い傘ですよ。素晴らしい販売戦略ですよね。発売前には日産社内でつよい反対があったそうですが、フタを開けてみれば大あたりだったんですよ。ＣＭソングのＢＵＺＺというバンドの『ケンとメリー～愛と風のように～』は三〇万枚を超える大ヒットとなりました。また、ケンメリＴシャツも三〇万枚売れたんです。結果としてケンメリは六〇万台と歴代スカイラインのなかでもっとも売れました。その戦略に四十数年後にハマった人間が僕というわけです」

歌うように多賀は言った。

「なるほど、素敵なCMだったんですね」

春菜はケンとメリーのCMを見てみたいと思った。

「ちなみにケンとメリーは初代と二代がいるんですが、初代のメリーを演じていたアメリカ人のダイアン・クレイさんはあの頃をなつかしむ人たちの力で二〇一二年に来日しています。ケンメリ・スカイラインはいまもメチャクチャ人気があるんです。僕のスカイラインは一九七三年のGTXですが、八〇〇万円を超える価格で購入しました」

多賀はさらっと言った。

「八〇〇万！」

とんでもない金額だ。多賀はどんなに裕福なのだろう。

「同じケンメリの2000GTRは、オークションに掛かって四〇〇〇万円以上の価格で落札されるんですよ」

「四〇〇〇万円ですって……」

春菜の住んでいる瀬谷でも、立派な新築一戸建てが一軒買えるくらいの価格だ。

「さすがにGTRには手が届きませんよ」

冗談っぽく多賀は肩をすくめた。

「ところで、わたしたちは七月二八日の夜から七月二九日の朝に掛けて殺害された天童頼人さんの事件について調べています」

春菜は事件についての話を切り出した。

「ああ、ニュースでやっていましたね。霞生湖はここからもそう遠くない場所なので、驚きましたよ」

多賀は身体をぶるっと震わせた。

「天童さんのことはご存じなんですか」

期待を込めて春菜は訊いたが、多賀は首を横に振った。

「天童さんの名前は知っていますが、彼の記事はほとんど読んだことがありません。天童さんは基本はヨーロッパ、とくに仏独伊の旧車が専門で、日本車の記事はほとんど書かないんです。スカイラインについて言及している話は聞きませんね」

あまり関心がなさそうに多賀は答えた。

「そうなんですか」

春菜は落胆した。天童に関する情報は多賀からは得ることができそうにない。

「でも、天童さんについては友だちから興味深い話を聞いています」

さらりと多賀は言った。

「どんなお話なんですか」

多賀は春菜の顔をじっと見た。

「僕が職務上知り得た秘密じゃないですからね……その友だちは整形外科医なんですけど、同じ厚木の七沢の総合病院に勤めています。で、二年ほど前に、天童さんが救急搬送されてきたそうなんですよ」

初めて聞く話だ。

「なんで救急搬送されたのですか」

身を乗り出すようにして春菜は訊いた。

「自動車事故です。天童さんは助手席に乗っていて左手の単純骨折と打撲、擦過傷程度でそれほどのケガではなかったそうです。運転していた女性はもう少しひどくて胸部骨折はあったものの生命に別状はなかったんです。悲劇だったのは轢かれた人です。この方は東海大医学部付属病院に救急搬送されました」

「大きな病院ですよね」

「ええ、あそこは高度救命救急センターがあるんで、県内各所から重傷患者が搬送されてきます。いわゆるドクターヘリもしょっちゅう飛んでくるんです。でね、轢かれた人は到着前には心肺停止となり、結局死亡したそうです。脳挫滅が主たる死因だそうです」

静かな声で多賀は言った。

康長の顔を見ると、目を大きく見開いている。

この話は初めて聞いた。

「報道されたんでしょうかね」

春菜の問いに多賀は首を横に振った。

「いや、報道はされてないと思います。天童さんはある方面では著名人かもしれませんけど、自動車事故の被害者として報道されるほどの知名度はないですからね。友人はここだけの話として教えてくれたんです」

報道されなかったとすると、助手席で受傷したというだけでは所轄の交通課の記録に残るだけだ。

「二年前ですか」

「ええ、二年前の九月頃だったと思います。それ以上詳しい話は知らないんですが」

この話は詳しく調べるしかない。

「これから厚木署に行くぞ」

康長が耳もとで囁（ささや）いた。

あまりにも重要な事実が出てきた。すでにカサとゴムの謎は解けているし、多賀からの話はこれくらいでいいかもしれない。

「ありがとうございました。貴重なお話を伺えてありがたかったです」

春菜は急遽(きゅうきょ)、話を打ち切ることにした。

「えー、もっとスカイラインについてお話ししたかったんですが」

多賀は悔しそうな声で言った。

「じゅうぶんな情報を頂けました。この後の予定もありますので、今夜は失礼致します」

なだめるような声で春菜は答えた。

「わかりました。また、ぜひお目に掛かりたいです。スカイラインを使った交通安全キャンペーンなどを企画なさったらお手伝いしますよ」

屈託のない顔で多賀は笑った。

春菜たちと多賀は店の前で別れた。

多賀のマンションは駅の反対側にあるとのことだった。

駅前ターミナルの端で康長は厚木署に電話を入れて、当該事故についての書類を準備してもらうように頼んだ。

伊勢原と本厚木は間に一駅あるだけでかなり近い位置にある。厚木署は駅から一キロほどなので歩いて向かった。

交通課では初老の渋川(しぶかわ)という巡査部長が応対してくれた。

小会議室には書類ファイルが用意してあった。

「あの事故ではわたしも現場に行ったんですが、いろいろと悲しい事故でしたね」

渋川は気の毒そうに眉をひそめた。

交通課の警察官は凄惨な事件ばかり扱う刑事に比べると気のやさしいところがある。

「どんな事故だったんですか」

春菜の問いに渋川はファイルを開いた。

「事故は平成三〇年九月一九日水曜日の午後四時頃発生しました。事故現場は管内清川村の宮ヶ瀬湖近くの県道70号秦野清川線の吉田橋付近です」

渋川は地図の一点を指さした。

宮ヶ瀬湖から南側に数キロ離れた山のなかでずっと続くワインディングロードの途中だ。

あたりには人家がまったくない淋しい場所だ。

天童の別荘がある場所と同じ清川村煤ヶ谷（すすがや）という土地だが、まったく別の谷沿いなので一〇キロ以上は離れている。

「ドライブ中の事故だったんですか」

春菜の問いに渋川ははっきりと首を横に振った。

「いえ、加害者も被害者も仕事中でした。KY出版が発行していた雑誌『ノスタルジックカー』の取材中に発生した事故だったんです。アルファロメオジュリア2000GTVというクルマのレポート中でした。オートマ車です」

渋川は眉をひそめた。

「加害者の運転手はどんな人だったんですか」

「KY出版の編集スタッフでした。契約社員で、横浜市在住の有田明日香という三〇歳の女性でした。被害者は東京都多摩市在住のフリーカメラマンの佐々木秀夫さん、二七歳でした。天童さんと有田が交互に運転するのを佐々木さんが撮影し、有田へのインタビューを含めて天童さんが記事にする企画だったそうです。事故のときは有田が運転していたんです。で、佐々木さんは道路に立って撮影する状況でした。左カーブの奥のクルマが二台くらい駐まれるスペースに、三脚を立ててレンズをクルマに向けていたんです。ところが、その左カーブで有田はステアリングを切り損ねて佐々木さんをはねてしまったんです。まっすぐに突っ込んできたアルファロメオにはね飛ばされた佐々木さんは背後の岩に頭をつよく打ってしまいました。事故の際に天童さんも有田も負傷しました。天童さんがなんとかスマホで救急要請をしました。厚木市消防本部の北消防署と厚木消防署玉川分署から三台の救急車が現場に駆けつけ、重体の佐々木さんは宮ヶ瀬ダムへリポートからドクターヘリで東海大学医学部付属病院の高度救命救急センターに搬送されたのですが死亡しました。天童さんと有田は救急車で七沢総合病院に搬送されました。ふたりとも一週間程度の入院で済みました」

渋川は書類を眺めながらわかりやすく説明してくれた。

「カメラマンの佐々木さんはお気の毒でしたね」

春菜は声を落とした。

「本当にお気の毒でした。佐々木さんには奥さんと生まれたばかりの女の子がいました。あとで聞いた話ですが、遺族には版元が入っていた保険から相当の金額が支払われたそうです。ですが、そんなことで悲しみが薄まるわけではありませんね」

やはり、渋川はやさしい性格のようだ。

「残された奥さんと娘さん、かわいそう」

春菜の瞳には涙がうっすらとにじんだ。

「奥さんは故郷の鹿児島のほうに帰られたと聞いています。でも、本当の悲劇はこのあとなんです。有田は業務上過失致死罪で通常逮捕されて本署に勾留されました。天童さんが私選弁護人をつけることに奔走して、弁護士の力もあって保釈されました。ところが、保釈中に宮ヶ瀬湖に飛び込んで自死してしまったんです」

沈んだ声で渋川は言った。

「そうだったんですか」

春菜の声はかすれた。

「有田はシングルマザーだったんですが、一粒種の男の子を事故の三年前に病気で失っていました。この自殺は各紙の神奈川版では報じられたようですね。それにしても、本当に悲劇続きだと思いますね。ちなみに『ノスタルジックカー』は販売部数の減少のために今年一月に廃刊となってしまいました。まるでこの悲劇の締めくくり、結末みたいですね。まぁ、本件について本署でわかるのはこれくらいです。わたしも悲惨な事故は経験していますが、こんなに後味の悪い事故は珍しかったですね」

渋川はちいさく息をついた。

「ありがとうございました。大変参考になりました。恐縮ですが、資料の一部をコピーさせて頂けないでしょうか」

春菜は丁重に頼んだ。

「付箋をつけてくだされば、こちらでコピーしますよ」

「申し訳ないです」

「いえ、お安い御用です」

渋川はにこやかに微笑んだ。

春菜と康長は相談して付箋をつけていった。

一〇分ほどの間に、渋川はふたり分のコピーをステープラーで綴じて持って来てくれた。

「ところで天童さん殺害事件の捜査は進んでいるんですか」

渋川は眉間にしわを寄せて訊いた。

「いえ、いまのところあまりはかばかしい状況ではありません」

康長が代わって答えてくれた。

「早期の解決をお祈りしております」

渋川はまじめな顔で言った。

「頑張ります」

精いっぱい明るい声で春菜は答えた。

春菜と康長は渋川に礼を言って厚木署を出た。

目の前は国道１２９号でヘッドライトの流れが激しい。

春菜たちは駅に向かって歩き出した。

「今回の事件と二年前の事故は関係がありますね」

歩きながら、春菜は康長に言った。

「たしかに悲劇の事故だが、天童は被害者じゃないか」

康長は首を傾げた。

「そうなんですけど、佐々木さんと奥さん、娘さん、有田明日香さんとこの事故は多くの人を悲しみに追いやっていますよね。そこになにかが隠れていると思います」

春菜にとっては確信に近いものだった。

「いろいろと調べることが出てきたな。細川の頭脳には期待しているぞ」

意外とまじめな声で康長は言った。

「あんまりおだてないでください。よろしくお願いします」

春菜は頭を下げた。

一〇時過ぎに自宅に戻った春菜はコンビニで買ってきたおにぎりと唐揚げで簡単な夕食をとった。

食事が終わると、テーブルの上にいままでとったメモを並べて、大学ノートを取り出した。

さらに渋川はコピーしてもらった事故の資料も取り出した。

天童の死にはどう見てもこの事故が深く関わっている。

春菜はボールペンで大学ノートに図形や文字を書いて考え込んだ。

「そうか……もしかすると……」

一時間ほどして春菜の脳裏にある仮説が浮かんできた。

何度か検証したが、否定することができなかった。

この仮説を論証するためには、いくつもの材料が必要だ。

だが、春菜にできることは少ない。

ここは康長と捜査本部の力が必要だ。

午前零時近いが、捜査本部は不眠不休だ。

春菜はゆっくりとスマホを手に取った。

「お疲れさまです。細川です」

春菜は遠慮しつつ第一声を発した。

「おう、なんか思いついたか」

明るい声で答えた康長は寝ていなかったようだ。

「自信はないんですけど……ちょっと考えたことがありまして」

康長が賛同してくれるかどうかには自信がなかった。

「話してくれ」

急かすように康長は言った。

「わたしたち、最初から勘違いしてたんじゃないんでしょうか」

「なにをだ？」

少し裏返った康長の声が聞こえた。

「事件発生、つまり天童さんが殺された時間です」

「どういうことだ？」

「天童さんは午後八時半までは生きていた。しかも横須賀で……そこから犯行時刻を割り出してますよね。それって間違いなんじゃないんでしょうか」

これが春菜の考えの第一の前提だった。

「おいおい防犯カメラの映像があるんだぞ」

なかばあきれ声で康長は言った。

「防犯カメラの映像は科捜研へ画像解析に出してますか？」

「被疑者の映像じゃないからな。科捜研には送ってない。何人もの捜査員で見たが、あれは天童さんだぞ。帽子も太めのセル縁のメガネも本人のポートレート通りだ」

康長の返事は春菜が予想していた通りだった。

「あごのかたちはどうですか」

天童はいくぶん尖ったあごが特徴的な容貌だった。

「ちょっとうつむいているんであまりよく見えていない」

康長の声は急に自信なげなものに変わった。

「帽子もメガネも天童さんのトレードマークですよね。誰かが同じような帽子とメガネを使って変装しているとしたら……」

春菜は康長の反応を待った。

「あり得ないことじゃないな」

康長はあごに手をやった。

「そうすると、午後八時半までの生存も、それを前提とした午後一〇時以降の殺害時刻という前提も崩れますよね」

春菜の言葉に康長は大きくうなった。

「たしかにそうだ。解剖所見では午後六時以降となっているんだからな」

「そうですよね」

「だが、犯人はなんでそんな面倒なことをしたんだ……そうか！」

最後の康長の叫び声は明るかった。

「アリバイ作りです。そして天童さんの二八日の行動も違ってくる可能性があります」

話しているうちに、だんだんと自信がついてきた。

「たとえば、どんな行動となるんだ？」

「ここからは完全に仮説なんで割り引いて聞いてください」

春菜は慎重に言った。

「わかったから、説明してくれ」

康長はつよい口調で言った。

「たとえば、殺害場所です。本当に震生湖畔なんでしょうか」

「じゃあどこだって言うんだ」

「わたしは清川村の別荘だと思うんです」

静かな声で春菜は言った。

「なんだって！　理由を教えてくれ」

ふたたび康長は叫び声を上げた。

「二八日当日の事件の流れを予想しながら理由を言いますんで、そこから聞いてください」

「ああ、頼む」

康長は真剣そのものの声で答えた。

「遅くとも午後六時頃に犯人は天童さんと別荘で会った。おそらくは犯人が天童さんを訪ねる約束をしていたんでしょう。そしてあのガレージで殺害した。犯人はワンボックスカーに天童さんの遺体とバイクを積んだんです。別荘と震生湖は三〇キロくらい離れていますので五〇分くらい掛かったと思います。日暮れ後の七時過ぎに震生湖に遺体を投棄する。そしてバイクを湖畔の目立たないところに隠した。ワンボックスカーを横須賀に急行させます」

「ポルシェ356Cはどうなるんだ？　天童さんは大事にしていたから自宅の屋外駐車場には駐めてないと考えていたんじゃないのか」

康長は春菜の言葉をさえぎって訊いた。

「ポルシェ356Cは、その日より前に修理のために天童さんから預かっていたんですよ。だから、クルマのキーは持っていて当然です。それで、当日の昼間に天童さんの自宅近くの京急久里浜駅付近のコインパーキングにシートを掛けて駐めておいたんです。ワンボックスカーを駐車場に入れて、替わりにポルシェを持ち出して舟倉の防犯カメラに映り込むように走った。天童さんに変装してです。そしてポルシェは天童さんの自宅マンションの駐車場に駐めたんです」

康長は大きくうなった。

「犯人は限られるな。天童さんがポルシェの修理を頼む人物だ」

「そうです。その人物が犯人である理由がもうひとつあります」

「いったいなんだ？」

「このアリバイで守られる人物が関係者のなかにいます。その人物はアリバイを完成させるために大急ぎで京急久里浜駅に出て横浜に向かい、同業者の飲み会に合流して朝まで飲んだ。そうすれば、午後一〇時から翌朝までのアリバイが作れます」

「そうか……同じ人間だ」

康長の声は興奮気味に聞こえた。

「はい、ひとりしかいません」

春菜の仮説は確信に近いものとなっていた。

「《ケーファー湘南》の益田か」

康長の声はかすれていた。

「ほかに条件に当てはまる人間はいません」

春菜はきっぱりと言い切った。

「これでポルシェが屋外に駐めてあった理由ははっきりしたな。で、細川のもうひとつの違和感……バイクをなぜ目立たないところに置いたんだ」

「事件の発覚を夜明け以降に遅らせるためです。午後一〇時より以前にバイクが誰かに見つかってほしくなかったのです。たとえば八時や九時に震生湖駐車場に入ってくるクルマがあったら、アリバイ工作は台無しですからね」

「一方で朝には見つかってほしかったわけだ。夜のうちに天童さんがバイクで震生湖に来たように装うためだ」

「そういうことだと思います」

「たしかに釣り人は来なくても、カップルは駐車場には入ってくるかもしれないからな。クルマのなかで愛を囁き合うために……」

康長はのどの奥で笑ってから、まじめな声に変わって訊いた。

「動機はなんだ？」

「この先はさらに想像の度合いが大きくなるんですが……」

自分が考えた犯行動機を春菜はすべて伝えた。

さらに動機とは関係ないが、電話した際に益田が秘密の暴露……つまり犯人しか知り得ない事実を口にしていたことも告げた。

ついさっき思い出した話だった。

「納得できる。おそらくは細川の推察通りだ。さすがだな」

明るい声で康長は言った。

「ありがとうございます」

「だが、証拠がない」

冴えない声に変わって康長は言った。

「そうなんです。現時点では単なる推測に過ぎません」

春菜も力なく答えた。

「捜査一課の皆さまにお願いしたいことがあるんですけど」

「おう、なんでも言ってくれ」

「天童さんの自宅近くのコインパーキングの防犯カメラの映像を収集して、ポルシェ356Cや益田が映っていないか確認してほしいんです」

「コインパーキングの事業者が任意提出してくれなければ、捜索差押許可状が必要になる。そうなれば、かなり時間が掛かるぞ」

　気難しげに康長は答えた。

「それは仕方がないですね。それから天童さんの別荘のガレージから血液反応が出ないか調べてほしいんです」

「そっちは今夜のうちにでもできる。これから当直の鑑識に頼んでみるよ」

「まだ逮捕状はとれないですよね」

　いまの時点では無理なことは春菜にもわかっていた。

「そうだな、血液反応が出て天童さんのDNAと一致しても、益田の犯行を立証できるわけじゃない。ポルシェ356Cの微物鑑定をしても修理を頼まれて運転したと言われればそれまでだ。ガレージ内も同じことだ。ワンボックスカーから天童さんのDNAが出ても決定的証拠となるか……裁判官を納得させることは困難かもしれない。コインパーキングの防犯カメラ映像があればなんとかなるかもしれないが……」

康長は気弱な声で言った。

「早く手を打ちたいです。益田はなにかしらの証拠隠滅をするおそれがあります。下手をするとすでにワンボックスカーも手放しているかもしれません」

もしかすると、春菜が電話したことで、益田を警戒させてしまったかもしれない。

「任意同行で引っ張るか。細々した証拠を積み重ねて自供がとれれば送検できる。公判維持も問題ないだろう」

康長は力強い声で言った。

「とにかく、益田に会ってみたいんです」

春菜は自分と康長の力で自供を引き出したいと願っていた。

「わかった。その先は俺が考えてあとから連絡する」

頼もしい声で言って康長は電話を切った。

4

翌金曜日の午後六時少し前。

春菜は康長とともに清川村煤ヶ谷の天童の別荘前に立っていた。

背後には県警のシルバーメタルのライトバンが駐まっている。

まだまだ明るい時間だが、谷あいは日陰に入り始めていた。

杉林からたくさんのヒグラシの声が響いている。

なんだかとてもなつかしい。

故郷の夏はヒグラシの声とともに暮れていた。

上京してから夕方になってもヒグラシが鳴かないことに淋しさを覚えたものだ。

「俺の提案……というか細川の仮説については、捜査主任も管理官も信じてないんだ。あまりに突飛だってね。だから益田を任意で引っ張れるような話じゃないって言われた。捜査本部では第一に安富、第二に田尻を追いかけている。今朝から田尻にも捜査員が張り付いているんだ」

康長は顔をしかめた。

「だけど証拠集めに入ってくださってありがたいです」

春菜は捜査本部が京急久里浜駅付近の防犯カメラの映像を集めてくれていることに感謝していた。

「ほんの一部の捜査員しか投入していないんだ。なかなか進まないだろう。だけど、舟倉の防犯カメラの映像については科捜研に回してくれた」

「その解析が進めば、捜査本部も動きますよ」

春菜は確信していた。

「だが、触るなと言われなかったのがよかった」

触るというのは被疑者に接触するなという意味である。

接触が禁止されていないのは、捜査本部は益田のことを被疑者と考えていない証拠だった。

「今日の呼び出しは捜査本部には伝えてないんですよね」

二人で練った今日のプランだった。

「ああ、天童さんの妹さん、古市清美さんに益田に電話してもらったのも内緒だよ」

開き直ったような口調で康長は笑った。

「よかったです。狙い通りに話が進みそうですね」

「クビになるかもな」

ちょっと笑って康長は肩をすくめた。

益田への聴取が終わったら、春菜には行きたい場所があった。

そのためにちょっとした準備もしてきた。

道の下のキャンプ場の方角から特徴的なバタバタという音が響いてきた。

緊張感が春菜の全身に漂った。

赤いビートルが坂道を登ってきた。

しかも、コンバーチブルだ。タイプ1コンバーチブルの黒いホロは全開されている。

左側の運転席でひとりの髪の短い男がハンドルを握っていた。

後部座席には大きな黒いナイロンバッグが置いてある。

ゴツゴツした形状から見るに折りたたみ自転車のようだ。帰路は自転車を使うつもりらしい。

近づいてきたタイプ1は春菜たちのすぐ近くに駐まった。

タイプ1から四〇歳くらいの青いツナギを着た男が降りてきた。

まるい輪郭で鼻筋が通っている。

左右の瞳にはどこか陰が宿っていた。

男は首を傾げながら歩み寄ってきた。

「あのー。古市清美さんからお電話頂いて天童頼人さんのおクルマをお返しに伺ったんですが」

春菜たちの顔を交互に見て男は言った。

たしかに電話で聞いた声だ。

「《ケーファー湘南》の益田兼治さんですね」

春菜はやわらかい声で訊いた。

「はい、益田ですが、おたくさまがたは？」

不審そのものの顔で益田は訊き返した。

「神奈川県警刑事部の細川です」

春菜は警察手帳を提示しながら名乗った。

「同じく浅野です」

康長も警察手帳を提示した。

「け、警察……」

益田は言葉を失った。

「先日はお電話でいろいろと教えて頂きありがとうございました」

春菜は微笑みを浮かべて頭を下げた。

「あ、はい……」

益田の頬はぷるぷると震えていた。

「お話を伺いたいので、別荘のなかへお入り頂けますか」

春菜はやわらかい声を保ちながら言った。

別荘の鍵は清美から事前に捜査本部が借りていた。

「ちょっと待ってください。ホロを閉じておかないと……もし夕立でも来たら困りますんで」

顔を曇らせて益田は赤いビートルを振り返った。

「ホロですか」

春菜の言葉に益田は大きくうなずいた。

「コンバチのホロっていうのはときどき開けないと悪くなるんですよ。今日はお天気もいいし、ちょうどいい機会だと思いましてね」

益田は言い訳するように言った。

「いまは晴れてますけど、夏場のことですからね」

春菜はにこやかにうなずいた。

「ありがとうございます」

早口で礼を言うと、益田は身体を小刻みに震わせてドアを開けた。

嫌な予感が走った。

そのまま益田はさっと運転席に乗り込んでドアを力まかせに閉めた。

「なにをするのっ」

春菜は激しい声で叫んだ。
空冷エンジンが咆哮した。
ビートルはボディを震わせてスタートした。
「停まれっ」
素早い動きで康長がビートルの前方数メートルの位置に立ちはだかった。
両手を真横に大きく開いて、康長はビートルの行く手をふさぐ。
だが、益田はアクセルペダルを踏み込んだ。
ビートルはまっすぐ康長に向かって突き進んでいく。
「浅野さん、逃げてっ」
春菜は声を限りに叫んだ。
ビートルのボンネットが康長の身体に迫る。
「うわっ」
康長は横方向に飛んだ。
すんでのところで康長は林に身体をよけた。
派手にドリフトしてタイヤを軋ませたビートルは反対方向へと鼻先を向けた。
スピードが落ちた。

目の前を赤いボディが通過するその瞬間。

春菜は地を蹴った。

耳もとで風がうなった。

身を翻して助手席の床に着地できた。

ほとんど無意識だった。

春菜は肩で大きく息をついた。

無事だったことを春菜は神に感謝した。

だが、すごいスピードでビートルは舗装林道を下ってゆく。

助手席に座る姿勢をとれた春菜は叫んだ。

「停まりなさいっ」

サイドウィンドウは全開だ。

クルマから放り出されそうな不安感が春菜を襲った。

髪が激しく風にもてあそばれている。

春菜は赤いダッシュボードのグローブボックスに取り付けられている白いバーを片手でつかんだ。

ビートルは何軒かの建物の横を全速力で通り過ぎると、県道64号を右に曲がった。

この先は宮ヶ瀬湖だ。

「どういうつもりなの」

春菜はつよい口調で訊いた。

横から見ると益田の目はつり上がって唇がガタガタと震えている。

まともな精神状態でないことがはっきりと伝わってきた。

「警察は、なんで僕を騙して呼び出したんだ」

うつろにも聞こえる声で益田は答えた。

やはり益田は理性を失っている。

「あなたに訊きたい話があったからですよ。あなたが天童さんを殺したその現場でね」

春菜は感情を抑えて平らかな声で答えた。

「僕はそんなことしてない。警察は僕を罪に陥れようとしてるんだ」

益田の声は大きく震えた。

背後からサイレンの音が響いてくる。

康長が追いかけてきてくれている。

「あなたは天童さんを憎んでいた」

春菜は静かに呼びかけた。

「なんで僕が天童さんを憎んでたって言うんですか」

抗議するような口調で益田は言った。

「あなたの大切なものを奪ったからではないですか」

春菜は静かに言った。

「おっしゃっている意味がわかりません」

益田は硬い声で答えた。

だが、益田の感情はずいぶん安定してきたようだ。

春菜は益田にビートルをそのまま走らせておくことにした。

背後からはサイレンの音が響き続けている。

だが、康長はそれ以上、無理にビートルを停車させようとする措置をとってこなかった。

まして春菜が人質状態なのだから、下手に刺激しないほうがいいと判断したのだろう。

何台かの警察車両が連携すれば、ビートルを停車させることも可能だろう。だが、一台では無理な話だ。春菜が危険にさらされる。

当然ながら応援は呼んでいるはずだ。

だが、春菜は黙っているつもりはなかった。

「では、後回しにしましょう。あなたはわたしと電話で話したときに言ってはならないひと言を口にしてしまいましたね」

　少し皮肉な調子を作って春菜は言った。

「僕がなにを言ったというのです」

　驚いたように益田は訊いた。横顔が引き攣っている。

「あなたはわたしにこう言いました。『天童さんのバイクは無事ですか？』とね。でも、天童さんのバイクが震生湖畔に残されていたことは、警察発表していないんです。だから、報道されてもいないはずです。なのにあなたは知っていた。なぜならあのバイクを湖畔に残したのは天童さんではなく、あなただからです」

　はっきりと春菜は指摘した。

「い、いや……そんな記事をどこかで見ましたよ。僕は天童さんのバイクなんて触ってませんよ」

　益田は落ち着かない調子で反駁した。

「でも、存在は知ってましたよね」

　畳みかけるように春菜は訊いた。

「別荘のガレージに置いてありましたからね」

　平然と益田は答えた。

「あなたは最初は《ガラージュ・シトロン》の田尻さんに罪をかぶせるつもりだったんですね。だから湖畔にあえて2CVのシート吊りゴムを残したんでしょう」

皮肉な調子を込めて春菜は言った。

「僕はそんなことはしていません」

益田はつばを飛ばした。

「でも、わたしがノルトホフの名前を出したんで、今度は安富さんをターゲットにした。わたしたちもうっかりそれに騙されるところだった。たまたまその日のアリバイが安富さんにはなかったのです」

春菜は静かに言った。

「待ってください。新聞に、天童さんは六月二八日火曜日の午後一〇時以降に殺されたと書いてありました。そうだとしたら、僕にはアリバイがあるのです。僕は犯人じゃない」

益田は必死の声音で言った。

「どんなアリバイですか?」

あえて春菜は訊いた。

「二八日の夜、僕は横浜のスカイビルで開かれていた同業者仲間の飲み会に九時過ぎには顔を出しました。それから朝まで横浜で飲んでいたんですよ。夜中に震生湖になんて行けるはずがないじゃないですか」

　頬を震わせて益田は主張した。

「ええ、《ポルシェハウス神奈川》のオーナーさん、ほかふたりの証言が得られています」

「だったら間違いないでしょう」

　益田はあごを上げて言った。

「でもね、天童さんはあなたがスカイビルに到着するずっと前に死んでいるんですよ。だから、仲間と飲んでいたことはアリバイにはなりません」

「ずっと前って……いったい何時頃に死んだって言うんですか」

　益田は目を剝いた。

「あなたは知っているのではないですか」

「知るはずないじゃないですかっ」

　春菜の言葉に、益田は憤然とした口調で答えた。

　ビートルはいつの間にか宮ヶ瀬湖畔へと出ていた。

「わたしたちは、天童さんは二八日の午後六時前後にあの別荘のガレージ内で殺害されたと考えています。あなたはその時刻を少しでも遅く見せかけるために、死体を水中に投棄した。さらに横須賀でアリバイ工作をしてから横浜の飲み会に参加して工作を完成させた。違いますか？」

春菜は益田の横顔を見続けていた。

眉がピクピクと震えている。

「なにを言ってるんですか。まったく意味がわからない」

益田は舌をもつれさせて答えた。

「あなたはわざと防犯カメラに映ったのですね。あなたが天童さんのトレードマークのパナマ帽をかぶり、人物特定に役立つ耳のかたちを隠すようなカツラもつけていたのでわたしたちは見破れなかった。珍しいポルシェ356Cですので、天童さんだと思い込んでしまったのです。それがあなたの狙いだったのでしょう。ちなみに、あの場所にはNシステムも設置されています。映っていたナンバーはたしかに天童さんのポルシェのものでした。ですが、肖像権侵害のおそれが指摘されているので、判例により『撮影された画像は瞬時にコンピュータ処理によって走行車両のナンバープレートの文字データとして抽出され、容貌等が写っている画像そのものが記録されない』ことになっています。ですので、二八日の午後八半時頃に天童さんが生きていたという証拠にはなりません。あれはあなたです」

「言っていることがメチャクチャだ」

激しい声で益田はなじったが、春菜は無視して言葉を続けた。

「わたしたちが考えているあなたの二八日から二九日に掛けての行動を説明しましょう。あなたは二八日の午後五時から六時頃に天童さんの清川村の別荘を訪ねた。どういう理由だったかはわかりません。急な話で天童さんは拒むことができなかったのでしょう。その日の六時には《ガラージュ・シトロン》の田尻さんが修理の終わった2CVを納車する予定になっていたのです。が、天童さんは当日の昼過ぎにキャンセルの電話を掛けています。ガレージのなかであなたは天童さんを撲殺した。あそこならスパナをはじめ殴るための道具はいくらでもありますからね。たぶんワンボックスカーかなにかで来ていたのでしょう。あなたは天童さんの死体とカワサキのバイク、それからヘルメットをワンボックスカーに入れて震生湖の駐車場に向かいます。あそこは七時頃なら誰もいないはずです。あなたは死体を湖に投げ入れた。あなたは水中だと死体の死亡推定時刻に幅が出ることを知っていたのですね。それからバイクを草むらに隠したのでしょう。あえて駐車場に駐めなかったのは翌朝まで誰にもバイクを発見されたくなかったからです。万が一、カップルかなにかデートにでも来て早い時間のバイクの目撃証言が出てくれれば、あなたのアリバイは崩れてしまいますからね。わたしは最初にあのバイクの駐め方を見たときから不自然だと思っていたのです」

春菜は益田を見ながら言葉を切った。

益田の身体が小刻みに揺れている。

「さて、あなたはワンボックスカーで一路、横須賀を目指します。ポルシェ356Cは、その日より前に修理のために天童さんから預かっていたのではないですか。だから、クルマのキーは持っていて当然です。あなたのお店がポルシェの旧車も扱っていることは水野さんからも聞いています。それであなたは防犯カメラに映るようにポルシェ356Cを走らせてから、また駐車場に戻した。ポルシェの鍵は今日、戻すつもりだったんでしょう。防犯カメラのある舟倉は天童さんのマンションから一キロちょっとです。わずかな時間でこの工作は可能です。ワンボックスカーは京急久里浜駅付近のコインパーキングに駐めて翌日取りに行ったのではないですか。その後、大急ぎで京急久里浜駅に出たあなたは横浜に向かい、同業者の飲み会に合流して朝まで飲んでアリバイを作ったのですね。いまわたしが言った行動について間違っているところがあったら教えてください」

春菜はつよい口調で言い切った。

「妄想だ。そんなの細川さんの妄想ですよ」

声をきわめて益田は抗（あらが）った。

「残念ながら、別荘のガレージには鑑識が入る予定です。血液反応が出てDNA鑑定をすれば、殺害現場はあのガレージで確定します。あなたはホースを使ってあの整備された排水口に血液を洗い流したのですね」

益田は答えを返さなかった。

「京急久里浜駅の防犯カメラやコインパーキングの防犯カメラも捜査員がチェックを始めています。逃れることはできませんよ」

春菜ははっきりした口調で決めつけた。

「僕がなぜ天童さんを殺さなければならないんですか」

かすれた声で益田は言った。

「二年前、この近くの山中の道路で旧車雑誌の取材があった。天童さんがアルファロメオの試乗レポートを書くための取材でした。その際に運転をしていた有田明日香さんという女性が事故を起こした。不幸にしてカメラマンをはねて死亡させてしまった。さらに、明日香さんは保釈中に自殺してしまった」

益田は黙っていたが、全身が小刻みに震えている。

「わたしは横浜地方法務局へ行ってきました。あなたの本籍は横浜市栄区上郷町ですね。そして有田明日香さんは藤沢市片瀬山に戸籍がありましたが、結婚前の戸籍をとったところあなたと同じ戸籍に入っていた。明日香さんはあなたの妹さんなんですね」

静かな調子を保ったままで春菜は重要な事実を口にした。

「そこまで調べたのか」

益田は低くうなった。

「ただ、わたしには最後に残っている謎が解けていません。明日香さんの自殺に天童さんがどう関わっていたのかが」

しばらく益田は黙っていた。

「もういいんだ……」

いきなり益田はアクセルペダルを踏み込んだ。

「どっちにしても明日香は二度と返ってこないんだ」

低く暗いかすれ声で益田は言った。

瞳が小刻みに震えている。

「なにを言ってるの……」

春菜の声は乾いた。

「明日香のあとを追う」

益田は歯を剝き出した。

「バカなことを考えないで」

春菜は両手を前に突き出して腰を浮かせた。

「僕に触るなっ。触った瞬間、このまま湖に突っ込むぞっ」

益田は声を張り上げた。

なすすべもなく春菜は座席に座り直した。

ガードレールが少なく、弱々しい白塗りの鉄柵の箇所も少なくない。橋梁の上はそのような設計になっているようだ。ステアリングをちょっと左に切ってアクセルを踏み込めばビートルは容易に鉄柵を乗り越えて数十メートル下の湖面にダイブするだろう。

ガードレールがあるところなら激突だ。

土曜日のことで対向車も少なくない。

右に切れば、対向車と正面衝突するおそれも強い。

湖畔のワインディングロードはどこまでも続いていた。とっくに人家や商店はなくなり、原生林のなかを道は続く。

ヒリヒリするような緊張感が春菜を襲っていた。

背中がガチガチに固まっている。

舌がもつれる。

だが、こころは意外と醒めてきた。

春菜はもつれる舌を剝がすようにして言葉を発した。

「あなたは本当に自分勝手な人ね」

不愉快な感情を、春菜はそのまま言葉にした。

「なんだと」

益田の声が激しく尖った。

「だってそうじゃないの。なんの罪もない田尻さんを陥れようとしたことは卑怯だよ。彼になんの罪があるって言うの？」

春菜は本気で腹を立てていた。

「実際になにもしてないんだから、田尻は大丈夫だ」

益田の返事は弱々しかった。

「わたしたちが動き回ってるって知ったら、今度は安富さんを巻き込もうとする。ぜんぜんカッコよくないよ」

吐き捨てるように春菜は言った。

「おい、本当に突っ込むぞっ」

ふたたび益田は叫び声を上げた。

「突っ込みゃいいじゃない」

開き直ったのかもしれない。

自分の感情のために、まわりにいる罪もない人間を巻き込もうとする。

この男のそんな身勝手さが許せなかった。

「脅しじゃないぞ」

「だから突っ込みたいなら突っ込めばいいって言ってるのよ」

突き放すように春菜は言った。

「俺はもういいんだ」

ふて腐れたように益田は言った。

「ほんとにかっこ悪い男ね。あなたが本当に明日香さんを愛しているのなら、なぜ、わたしたちに捕まらないの？」

感情を抑えて平板な声で春菜は言った。

「言ってる意味がわからないぞ」

益田のいらだちが空気を通してつよく伝わってきた。

「天童は明日香さんに、あなたが殺したいほど卑劣なことをしたんでしょう」

いままでの益田の態度を見ると、それ以外には考えられない。

ただ、最後のピースがまだ見つからない。

「ヤツは人間じゃないっ」

益田はどす黒い怒りを言葉に込めて言った。

「よく聞きなさい。あなたが逮捕されれば、殺人罪で起訴される。わたしたちはそれだけの証拠を収集できる。となれば、裁判が始まる。その裁判のなかであなたは真実を主張すればいい。天童頼人が犯した罪についていくらでも主張できるのよ」

はっきりした口調で春菜は言った。

「なんだって……」

混乱が益田を襲っているようだった。

ビートルはかなり速度を落としてワインディングロードを走り続けた。

「いまこの瞬間だってカメラマンの佐々木さんのご遺族は明日香さんを恨んでいるに違いない。かさぶたを剝がすようなことになっちゃうかもしれないけれど、ご遺族だって見当違いの明日香さんを恨んでいるのは不幸だよ」

春菜はふっと息を吐いて言葉を続けた。

「なによりも天国の明日香さんがいちばん気の毒じゃない。不名誉なままでお墓のなかで泣いてるに違いない。益田さん、あなたがなすべきことは、ヤケクソでわたしたちに八つ当たりすることじゃないはず。裁判のなかでしっかり真実を訴えなさい」

強気で春菜は真実を突きつけた。

益田はまたも沈黙した。

ビートルはすっかり速度を落としていた。

赤いボディにぶつかる風の音が響き続ける。

後ろに従いて来ている康長は一定の距離を保ち続けている。

「天童がどんなに悪人か、あんたは知っているのか」

悲しげな声で益田は言った。

「いままでは事実を述べてきたつもり……ここからは推測でしかない」

春菜の言葉を益田はさえぎった。

「推測でいいから教えてくれ」

「二年前の九月、事故を起こしたのは明日香さんではなく、天童さんなのではないですか」

大胆な仮説だったが、春菜は確信していた。

「そうだ、あいつは妹を身代わりにしたんだ」

益田は大きくうなずいた。

「わたしたちは天童さんが血管迷走神経反射による神経調節性失神のために通院していた事実をつかんでいます。ここ二年ほど試乗レポートを書かなかったのも失神を恐れてのことだと考えているの。この病気が事故の原因だと考えれば、すべてが解けてくるのよ」

「続けてくれ」

「わたしは事故の記録をしっかり読んだ。あの日の事故はアルファロメオを運転していた天童さんが急に意識を失って起こしたとしか思えない。ブレーキのタイミングが遅すぎるのよ。明日香さんがものすごく運転が下手だったか、よほどうっかりしていなければ、あんなタイミングでのブレーキは考えにくいのよ」

「妹は運転はうまかった」

ぽつりと益田は言った。

「自動車雑誌関係の仕事に就いているんだから運転が下手とは思えない。ただ、明日香さん自身が運転していたと自供しているし、交通課はそれ以上疑わなかったのでしょう。もし、天童さんがそのまま失神していたらブレーキ痕がないはずだから、さすがに交通課も不自然だと気づいたはず。たぶん天童さんは衝突の前に意識が戻ったのでしょう。あわててブレーキを掛けたけど間に合わずにカメラマンの佐々木さんをはねてしまった。失神したままだったら、天童さんも明日香さんももっとひどいケガをしていたかもしれない」

春菜は噛んで含めるように言った。

「妹も天童が失神したと言ってた」

益田はぽつりと言った。

「あなたはいつそのことを聞いたの?」

「明日香が死ぬ直前に電話を掛けてきたんだ。天童の罪をすべて僕に訴えて妹は死んだ」

重く暗い声が響いた。

「なぜ、明日香さんは天童さんの罪をかぶったのでしょう」

春菜には解けていない謎だった。

「明日香は……明日香は事故の三ヶ月くらい前から天童とつきあってたんだ。息子を亡くして苦しんでいた妹のこころにつけこんで天童は妹を自分のものにした。だけど、僕にも罪がある。もとはと言えば僕が天童を妹に紹介したんだ。あんな男だと知っていれば、絶対に会わせなかった。僕は自分自身を呪い続けている」

益田の声は半分泣いているように聞こえた。

「あなたのつらかった気持ちはよくわかる」

春菜はやわらかい声で言った。

「それだけじゃないっ」

激しい声で叫んで益田は言葉を継いだ。

「それだけなら、天童を殺そうとまでは思わない。だがね、天童は保釈された妹に自殺に追い込むようなことを何度も言い続けたんだ。『刑務所は地獄だ』とか『遺族が恨んでる』とかね。とうとう明日香は精神的に参ってしまった。刑務所や遺族のことが妹を追い詰めたんじゃない。愛していた相手に裏切られたことで人生に絶望したんだよ。生きていく意味をなくしてしまったんだ」

益田の声に深い悲しみがにじんでいた。

「そうだったの……」

春菜は言葉を失った。

たしかに益田は身勝手な男だが、天童は益田とは比べものにならないほどの悪人だ。

「あいつは前の旦那にも裏切られた。おまけに最愛の息子を病気で失った。自分というものにすっかり自信をなくしていた。生きる気力を失いかけていたのに、天童に救われたと言っていた。明日香は天童を信じ切っていたんだ。その天童にも手ひどく裏切られて、妹が生きていけると思うかっ」

目を怒らせて益田は叫んだ。

「明日香さん、かわいそう……」

最後のピースがはまったいま、春菜のこころも深い悲しみに覆われていた。

「厚木警察署に妹のなきがらを引き取りに行った。あまりにも悲しい顔つきで妹は死んでいた。そのとき僕は復讐を誓ったんだ。あの悪魔を地獄にたたき落としてやるってね」

「なぜ警察に頼ろうとしなかったの」

無駄だとは思ったが、春菜は訊いた。

「警察がなにをしてくれるって言うんだ？　自殺教唆だって口頭や電話だから証拠が残らず成立しない。僕にはヤツを殺して妹の恨みをはらす以外に選ぶべき道はなかったんだ。警察なんてなんの力にもなりはしない」

言葉とは裏腹に益田の声は泣いているようにも聞こえた。

とつぜん、益田はアクセルを踏み込んだ。

春菜の背中はこわばった。

益田はまた湖に飛び込む気になったのか。

「一緒に来てくれるか」

落ち着きを取り戻した声で益田は言った。

彼の胸の内がわからなかった。

「どこへ行くの？」

春菜は静かに訊いた。

「妹が死んだ場所だ」

益田は淋しげな声で言った。

春菜の肩の力が抜けた。

「いいよ、わたしもご冥福をお祈りしたい」

こころを込めて春菜は言った。

益田はかすかにあごを引いた。

「裁判ですべてを話すよ。そして明日香に罪がないことを世の中に訴える」

落ち着いた声音で言う益田を見て、春菜は安堵していた。

「よかった」

春菜は言葉少なに答えた。

Uターンすると、クルマは鼻先を宮ヶ瀬湖の中心の方向へと向けた。

しばらく走り続けていたビートルは鷲ヶ沢橋のたもとで縁石に乗り上げて停まった。

幸いにもこのあたりは交通量がぐんと少ない。

「明日香は終バスでこの湖に着いて、ここまでさまよってきたんだ。この橋の途中に明日香の靴が揃えて残されていた」

一瞬瞑目して益田は暗い声で言った。

すぐに捜査車両の面パトが後ろに停まった。

面パトから飛び降りた康長は拳銃を構えた。

「益田兼治、公務執行妨害の現行犯で逮捕する」

全身をこわばらせて益田は両手を挙げた。

「ちょっとだけ待って！」

春菜は叫んで康長を制止した。

「どうした。細川」

啞然とした口調で康長は訊いた。

「ここは有田明日香さんが亡くなった場所なの。祈りを捧げたいんです」

やわらかい声音で春菜は答えた。

真意を確かめるように康長は春菜の瞳を見つめた。

「わかった」

康長は拳銃を下ろした。

「浅野さん、面パトにわたしのデイパックがあるから取ってきてもらえませんか」

首を傾げながら康長は面パトに向かった。

サイレンと赤色回転灯が止まった。

「ありがとう」

デイパックを受けとると春菜は線香の箱を取り出してフタを開けた。

「これ持って来たの」

落ち着いた声で言って、ひと束の線香を益田に渡した。
「そうか……明日香のために……」
益田はのどを詰まらせた。
三人は並んで橋の縁に立った。
康長は益田に手錠を掛けなかった。
湖上を渡る風は草の匂いを乗せて夏の夕暮れを感じさせた。
鷲ヶ沢橋の白い柵の根元に続く縁石に、春菜は火をつけた線香の束を置いた。
風のせいで煙は横方向に流れてゆく。
清らかな香りがこころを落ち着かせてくれた。
「明日香、安らかに眠ってくれ」
益田は両手を合わせた。
春菜と康長もこれに倣った。
長い間、瞑目したまま明日香の冥福を祈り続けた。
まわりではコオロギやマツムシ、キリギリスがうるさいほどに鳴いている。
南東の空低く木星と土星が輝いている。
暑さはまだまだこれからだが、今夜の宮ヶ瀬湖は忍び寄る初秋の気配を感じさせた。

この作品は書き下ろしです。

神奈川県警「ヲタク」担当　細川春菜5

鎮魂のランナバウト

鳴神響一

令和5年7月10日　初版発行

発行人——石原正康
編集人——高部真人
発行所——株式会社幻冬舎
〒151-0051東京都渋谷区千駄ヶ谷4-9-7
電話　03(5411)6222(営業)
　　　03(5411)6211(編集)
公式HP　https://www.gentosha.co.jp/

印刷・製本—株式会社 光邦
装丁者——高橋雅之

検印廃止

幻冬舎文庫

ISBN978-4-344-43305-2　C0193　　な-42-10